「まーくんのかわいい乳首を見てたら、いいこと思いついた」

「え……?」

「こんなきれいな色の実がなってたら、絶対みんな見逃さないと思う」

SHY NOVELS

初恋アミューズメント

月村 奎

イラスト 秋平しろ

CONTENTS

初恋アミューズメント
Hatsukoi
amusement

プロローグ

文芸編集部に向かう廊下を歩きながら、藤原壮介《ふじわらそうすけ》はひとつ大きく息を吐きだした。

「壮ちゃん、お疲れっすか？」

隣を歩いていた鈴木一太郎《すずきいちたろう》が、愛嬌《あいきょう》のある端整な顔にからかうような表情を浮かべて、壮介の顔を覗き込んでくる。

「……喋《しゃべ》ったり、写真を撮られたりするのって、なかなか慣れなくて」

「俺は壮ちゃんとお仕事できて楽しかったっすよ」

鈴木はニコニコと屈託のない笑みを浮かべて、壮介の肩に親しげに腕を回してきた。

壮介はデビュー二年目の新人作家で、鈴木は売れっ子のベテラン漫画家である。今日は鈴木がコミック誌で連載しているお悩み相談のコーナーに壮介が特別ゲストとして呼ばれ、応接室で写真撮影と対談の収録をしてきたところだった。通常は鈴木が読者からの悩み相談に四コマ漫画で答えるというコーナーなのだが、今回は顔出しの特別企画だった。

壮介が連載している文芸誌と比べて、鈴木が描いているコミック誌は百倍以上の部数を刷っている。そこに顔出しすることにより、今まで壮介のことを知らなかったコミック購読者の層にも顔と作品を認知してもらおうという、担当編集者の策なのだ。

スタイリストに上から下まで整えてもらった二人は、どちらも一八〇センチを超える長身なこともあって、そこそこの仕上がりになっている。およそ緊張とは縁遠い鈴木は、そのおしゃれな装いをいい感じに自分のものにしているが、目立つことが苦手な壮介は落ち着かなくてつい不機嫌な顔になってしまう。ごわごわするヘアワックスを、今すぐ洗い流したくてたまらない。

文芸編集部の前には、菓子折りらしきものを持ったスーツ姿の小柄な男が立っていた。首から社員証のネックストラップをさげている。印刷会社の営業かなにかだろうか。さして気にもとめず、壮介は鈴木と一緒に文芸編集部の中に入っていった。

壮介の担当編集者である小宮山《こみやま》旭《あさひ》が、二人に気付いてゲラから顔を上げた。メガネ越しに目が合うと、にこっと微笑みかけてくれる。雑然とした編集部の中で、そこだけキラキラと輝いて見える。

「お疲れ様です。無事終わりました?」

「うん。疲れた」

旭の声で緊張が解けて、ぼそっと答えると、旭は自分よりも十センチ近く背が高い壮介の頭をよしよしと撫でてくれた。

「あ、いいなー。俺も俺も！」

旭に向かって頭をつきだした鈴木をつい睨《にら》んでしまう。鈴木は壮介のその表情を見て噴き出した。

「壮ちゃん、嫉妬深すぎだって。頭撫で撫でしてもらうくらい、いいでしょ？」

「……いいかダメかの二択なら、もちろんダメです」

壮介はぼそぼそと、だがきっぱりと言った。

いろいろあって、壮介は現在、旭とラブラブ交際中である。

旭は美人で切れ者の編集者で、とにかく作家からモテる。コミック編集部時代に担当していた鈴木も、旭にご執心だった。鈴木は男女問わずとりあえず目が合ったら口説くのが礼儀だと思っているような男で、壮介も冗談混じりに誘いをかけられたことがある。旭への態度もその一環らしかったが、それでも先に旭への好意を表明していたのは鈴木だったので、旭と両想いになったあと、壮介はそのことを鈴木に報告して、頭を下げた。

『えーっ、抜け駆けずるいっすよ！　じゃあ旭さんを食っちゃった壮ちゃんを俺が食っちゃえば、一石二鳥ってことですよね？』

鈴木はよくわからない理屈で壮介を押し倒す真似をしてきたりして、やはりなんだか意味不明な男だったが、結局はすべてを冗談にしてくれて、こうして変わらぬ関係が続いている。今日のように仕事で顔を合わせることもよくあるし、ときにはプライベートで食事に行ったりするようにもなった。人見知りの壮介にとっては、数少ない友人と呼べる相手になりつつある。

鈴木は壮介から見ると、精神的軟体動物のような男だった。とにかくいつでもやわらかくて、テンパったりしているのを見たことがない。

鈴木が自分と同じようなコミュ障タイプだったら、絶対に仲良くなれなかったと思う。誰の懐《ふところ》にでもするっと入り込むような男だからこそ、重さや押しつけがましさがなくて、壮介も気楽に接することができるのだ。

だが逆にそういう男だからこそ、旭にちょっかいを出されると心配になる。自分よりもよほど魅力的だし、キャリアも長いし、当然旭とのつきあいも長いから、見ていてハラハラしてしまう。

壮介が目で威嚇《いかく》し続《つづ》けていると、鈴木は何かを察したようにふっと笑って、壮介の頭に手をのばしてきた。

「壮ちゃんはかっこいいのにかわいいっすね。母性本能そそられるわ」

「鈴木先生に母性本能があるんですか？」

旭が笑いながら鈴木の手をさりげなく壮介の頭から外す。

「なんだよ、二人して俺を邪魔もの扱い？　大事な彼氏に触るなって？」

鈴木は冗談っぽくむくれた顔をする。

え、今手をどけたのは嫉妬？　俺に鈴木先生が触ったから嫉妬してくれた？

「邪魔ものだなんてとんでもない。今回もこうして鈴木先生の担当企画に藤原くんを呼んでいただいて、その宣伝効果は計り知れないし本当にありがたいです」

切れ者編集者の顔で落ち着いて答える旭だが、その耳たぶがうっすら赤くなっているのを壮介は見逃さなかった。

かわいい……。

思わず胸の中で呟く。

早く二人きりになって、もっとかわいい顔をたくさん見たい。

旭は仕事では辣腕《らつわん》をふるうベテラン編集者だし、壮介より七つも年上の大人の男だ。しかしプライベート、特にベッドの中では、とてつもなく初心《うぶ》でかわいい生き物に変身するのだ。

このかっこよくてきれいでかわいい人が自分のものだと思うと、壮介は幸せではち切れそうだった。だが自分などまだほんの駆け出しの作家で、今は順調だが、いつ失速するかもわからない。

自分には小説を書くことしか取り柄がないが、もうちょっとまともな社会性とコミュ力を持っていたなら、もっと安定した職業に就《つ》いて、旭を不安にさせることなく守っていけるのに、と考えてしまうこともある。

「旭さん、このあと三人でごはんに行こうよ」

鈴木が誘うと、旭は腕時計に目を落とし、残念そうに微笑んだ。

「せっかくのお誘いですが、このあと打ち合わせが入っているので」

三人で食事をして、鈴木と別れたあと二人で旭の部屋へ……と脳内で予定を組み立てていた壮介は、床にひっくりかえって駄々をこねたいくらいがっかりしたが、ぐっとこらえた。

幸か不幸か、表情に乏しい顔のせいで、壮介の内心の一喜一憂に気付くものは少ない。

壮介に向かって何か言いかけた旭の視線が、ふと壮介の肩越しにずれた。

「ああ、音ノ瀬《おとのせ》先生。お運びいただいて恐縮です」

旭が声をかけた方向を振り返ると、先ほどからドアの外に立っていたスーツ姿の男が、開いたドア越しに笑顔で会釈を返してくる。

「少し早く着いてしまって、すみません」

「いえいえ、いつも時間厳守でありがたいです」

どうやら打ち合わせの相手はこの男のようだ。男を編集部横の打ち合わせスペースに案内する旭とともに、壮介と鈴木も出口へと向かう。

音ノ瀬という名前には聞き覚えがある。最近、旭が担当になった若手作家、音ノ瀬来冬《らいと》。

旭はプライベートでは滅多に担当作家の話はしないが、音ノ瀬に関して、方向性が定まらず伸び悩んでいると、ちらりと言っていたのを聞いた覚えがある。

壮介もその作品を読んだことがある。一部の読者からモヤミスとかキモミスとか呼ばれているそうで、確かにどうしてそっちの展開？　という据わりの悪さが気にはなるが、設定は毎回とても面白いなと思う。

音ノ瀬が首からさげている社員証には、『木村正信《きむらまさのぶ》』と記されている。

壮介の視線に気付いたらしい音ノ瀬は、自分の胸元に視線を落とし、慌てて社員証をスーツの胸ポケットにねじ込んだ。

「うっかりしてました」

視線を泳がせ誰にともなく言い訳をする音ノ瀬と、ピタッと目が合ってしまった。

音ノ瀬は感じのいい笑みを浮かべ、ぺこりと頭を下げて、視線を鈴木の方に向けた。

「鈴木一太郎先生ですよね？　いつもご著作拝読しています。こちらは藤原壮介先生ですよね？すごいな、超売れっ子の先生方とこんなところでお会いできて光栄です」

よどみない社交辞令の前で、壮介は固まる。こういう大人の会話が壮介は不得手で、ナチュラルにお世辞を言ったりできる相手に強いコンプレックスを抱いていた。

どうやら手元の菓子折りは編集部への手土産のようだ。壮介は、つきあいはじめてから旭にプライベートでプレゼントを贈ったことはあるが、仕事の際に差し入れをするような気の利《き》いた社会人スキルは持ち合わせておらず、大袈裟《おおげさ》だが人間力の差を見せつけられた気分になる。

壮介が固まっていると、旭が助け舟を出してくれた。

「お二人には、今日はコミック誌の連載の仕事でお運びいただいたんです」

音ノ瀬は、壮介と鈴木のいでたちを頭のてっぺんからつま先まで感心したように眺めてきた。

「顔出しのお仕事ですか？　お二人ともアイドル顔負けのイケメンだから、ファンの方は大喜びですね。天は二物を与えずって、あれ、絶対嘘ですよね」

「音ノ瀬先生も負けてらっしゃらないですよ」

「またそんなご冗談を。小宮山さんこそ、先生方と一緒に顔出ししないのがもったいないくらいハンサムだし」

「いやいや、音ノ瀬先生こそ冗談がお上手ですね」

軽やかに展開する大人の会話を聞きながら、まさかこいつも旭さん狙いか？　と思わず身構える。

ひとしきりやりとりが終わったあと、旭は壮介と鈴木に音ノ瀬を紹介してくれた。

「こちらはミステリ作家の音ノ瀬来冬先生です」

鈴木が「どうもどうも」と気負いのない笑顔で挨拶を口にする。

自分も何か言わなければと、壮介はぼそぼそ口を開いた。

「……音ノ瀬さん、会社勤めしてるんですか？」

音ノ瀬は人当たりのいい笑顔で頷いた。

「そうなんです。なかなか小説一本では食べていけないので」

まっとうな社会人として会社勤めをする傍《かたわ》ら小説を書いているという音ノ瀬に、壮介はひたすら尊敬の念を抱く。ついさっき、自分にもう少しましな社会性とコミュ力があったらもっと安定した職業に就けたのにと思ったりしていただけに、音ノ瀬のスペックが羨《うらや》ましくてならなかった。

「だったら小説なんか書かなくてもいいのに」

羨望《せんぼう》をこめて呟いたつもりだったが、なぜか音ノ瀬の笑顔が凍りついた。

「壮ちゃん、その言い方～」

横から半笑いで鈴木がツッコミを入れてくる。どうやら不適切な発言だったらしい。

「あのね、壮ちゃんは」

なにかフォローしてくれようとしたらしい鈴木のポケットから、いきなり『にゃんにゃん☆ハイスクール』のOP《オープニング》が響き渡った。

「あー、すみませーん」

鈴木はのどかに詫《わ》びると、けたたましく鳴り響く携帯を手に、廊下へ出ていく。通話に応じながら、振り返って壮介を手招きする。旭のことは諦《あきら》めて、二人で食事に行こうという手招きらしかった。

仕事の邪魔をするわけにはいかないので、壮介も鈴木を追って廊下に向かった。

見送りという体《てい》でドアまでついてきた旭は、壮介の耳元にそっと唇を寄せてきた。

「何時になるかわからないけど、今夜寄ってもいい？」

パッと一気に充電がフルになったような気分で、壮介は小さく頷いた。

「待ってます」

旭は一瞬だけはにかんだ笑顔になり、それからすぐに仕事モードの表情になって、音ノ瀬の元に戻っていった。

もしかして音ノ瀬へのかっこ悪い劣等感を見抜かれてしまったのだろうか。

未熟な自分を恥ずかしく思いつつも、何時間後かには旭と二人きりの時間を過ごせるのだと思うと、幸せな気持ちでいっぱいだった。

1

金曜日の午後六時。木村正信《きむらまさのぶ》はパソコンを閉じ、大きく伸びをした。

周囲の同僚たちもみな、いそいそと帰り支度を始める。

正信の勤務先は家電の電装部品メーカーの購買で、給料は安いが残業が滅多になく、工場の稼働に合わせて盆暮れGWに長い休みがあるのが魅力だった。

社会人歴もかれこれ五年。量販店の吊るしのスーツもすっかり身体に馴染《なじ》んでいる。

「木村くん、このあとヒマ？　一杯どう？」

先輩の誘いに、正信は「すみません」と頭の横に手を立てて耳の形を作ってみせた。

「コレが待ってるんで」

声をかけてきた先輩だけでなく、周囲の同僚や上司からも失笑が漏れる。

「木村くんの愛猫家《あいびょうか》ぶり、半端ないわよね」

「ほかに楽しみないのかよ」

「淋しいやつだな」

「とか言って、それって猫耳のお姉さんだったりしない？」

口々に勝手なことを言ってからかってくる。

「違いますよ。ルルちゃんは本物の猫です。あ、写真見ます？　最新のかわいいやつ、いっぱいありますけど」

正信が携帯を取り出すと、一度始まったらいつ終わるとも知れないうちの猫自慢《こ》に恐れをなした様子で、みんなさっと散っていった。

正信は携帯を無造作に胸ポケットに収める。

ほかに楽しみがないのかって？

淋しいやつだって？

その台詞《せりふ》、そのままお返しいたします。

こんなしょっぱい会社で働くことだけがすべてで、金曜日の夜に飲みに行くのがせめてもの息抜き。土日はだらだら寝てるか、ゴルフの打ちっぱなしに行くか、家族サービスでショッピングモールの人ごみに揉まれて終わるか。

そんな人生でよく満足できるよなと思う。

誰もいないフロアで、正信はビジネスバッグから封筒を取り出した。出版社の名前が印刷されたその封筒から、先日担当編集者にチェックを入れてもらったプロットを取り出して、じっと眺める。

正信は、会社勤めの傍《かたわ》ら、音ノ瀬来冬《おとのせらいと》というペンネームでミステリ小説を書いている。今年でデビュー丸三年。著作は三作。正信にとってはそっちが本業で、会社勤めは生活の糧《かて》を得るための副業だと思っている。

作家業の納税は自己申告にしているため、まだ会社に副業バレはしていない。多分、露呈してもお咎《とが》めはないと思う。副業禁止の社則はあるが、画業や執筆業が容認された実例は今までに何度かある。

しかし正信は今のところ内緒にしている。理由は、作家としてまだいまひとつぱっとしないからだ。

一六六センチとやや小柄で、人当たりがやわらかいこともあって、正信は周囲の人間から穏やかで控えめなタイプだと思われがちだが、実は人一倍負けん気が強くてプライドが高い。自分がただの会社員ではなくプロの作家であることを誇らしく思う半面、望むほど売れていないことを屈辱に感じてもいて、会社で公にするのはヒットを飛ばしてからと決めている。

今日はこれから担当編集者と打ち合わせをすることになっていた。

担当がプロットに入れてくれた赤字を眺めながら、正信は眉根を寄せた。指示に従って手直ししたプロットは、すでにメールで送ってある。

今日はＯＫをもらえるといいなと願いながら、多分無理だろうと心のどこかで思ってもいた。担当の指示に正信自身納得がいっていなかったし、妥協できる範囲で直した中途半端なプロットにはきっと先方も納得しないだろう。

絶対に売れっ子作家になってやる、という野心はまだ潰《つい》えていないが、最近は、自分には売れっ子になれるような才能はないのかもしれないと、うっすら思い始めてもいる。

「いや、諦《あきら》めるのはまだ早い」

正信は自分に活を入れ、封筒をビジネスバッグにしまって、会社を出た。五月半ばの宵は、暑くも寒くもなくて、スーツが制服の会社員にはありがたい季節だ。

約束は七時だが、少し早めに出版社の最寄り駅に着いてしまった。駅ビルで手土産の焼き菓子を買い、ついでに書店を覗く。

物書きの癖で、まずは自分の本を探してしまう。ベストセラーを集めたコンパクトな店内に、正信の本は置かれていなかった。

代わりにマンガの新刊コーナーに『にゃんにゃん☆ハイスクール』の新刊が平積みされているのを発見して、テンションが上がった。『にゃんにゃん☆ハイスクール』略して『にゃんスク』は正信がこの世でいちばん愛するマンガだ。タイトル通り猫を擬人化した脱力系学園コメディで、現在アニメの三期を放映中の大人気作品である。

発売日は明日だが、思いがけずフラゲできてテンションが上がる。

ウキウキと手に取ってレジに向かうと、レジ前に藤原壮介《ふじわらそうすけ》の著作二作がそれぞれ三列ずつ平積みされていた。

高揚していた気分が、一気に急降下する。

藤原壮介は、デビュー二年目の新人作家で、売れに売れている。

長身のクールなイケメンで、父親は有名企業の取締役、母親は元女優、そして祖父は政界のドンと呼ばれた男だった。

デビュー当初は、どうせ話題性だけで売れているんだろうと高を括って、手に取ることもなかった。だが、日を追うごとに評判は高まり、さすがに気になり始めて、発売からしばらくしてからデビュー作の『大冒険』を読んでみた。

衝撃は半端ではなかった。才能とはこういうものなのだと思い知らされた気がした。万人受けするテーマでもなければ、卓越した文才があるわけでもない。だが、読み始めたら止まらない。心臓を摑んで引きずり回されるようなオーラが、行間から滲《にじ》み出《で》ていた。

それまでにも人気作家に羨望《せんぼう》を覚えることはあったが、まだ駆け出しの自分にとって可能性は無限大で、勝負はこれからだと思っていた。

だが藤原壮介は正信より四歳も若く、『大冒険』は生まれて初めて書いた小説だという。経験や修練などではない。圧倒的な才能の差。

読後はショックで、十日ほど原稿が書けなくなった。

新作の『教室の魔女』を手に取るときには、毒薬を服用するくらいの勇気が必要だった。つまらなければいいのに。一冊目のあれは自伝的要素が強かったというから、自分の中のあったけのものをさらけ出して、たまたままぐれ当たりしたに違いない。二冊目でコケればいいのに。

心の中ではそんな底意地の悪い願望を抱きながら読み始めたが、願いは虚しくも打ち砕かれた。どれだけの悪意を持って読んでも、その面白さを否定することはできなかった。

『にゃんスク』を買って、正信は駅ビルをあとにした。出版社の受付で用件を伝え、エレベーターに乗る。

約束の時間の五分前に文芸編集部の前に到着し、正信はふうっと深く息を吐いた。

もやもやした気持ちは、まだ胸の中にある。

正信には年度初めに新しい担当編集者がついたのだが、その編集は皮肉にも藤原壮介の担当でもある。

売上的に言えば数十倍、いや下手をしたら百倍近い差がある。あの藤原壮介を抱えていたら、自分のような売れない作家の相手をするのなんてバカバカしいに違いないと、自虐的なことを考えて、自分で自分のプライドを切り刻む。

いやいや、俺だってこれから化けるかもしれない。あの藤原壮介と同じ担当をつけてもらったということは、可能性にかけてくれているのかも。

メンタルを立て直そうと一人必死になっていると、廊下の向こうから話し声と足音が近づいてきた。角を曲がって現れたのは、キラキラしたイケメンの二人組だった。どちらも一八〇センチをゆうに超えていそうな長身で、一人は茶系のふわっとした髪の柔和な雰囲気な男、もう一人は漆黒の髪のいかつい雰囲気の男だった。

最初は、同じフロアに芸能誌の編集部でもあって、芸能人が取材で来ているのかなと思った。

「俺は壮ちゃんとお仕事できて楽しかったっすよ」

茶髪の男が笑顔で言って、黒髪の男の肩に親しげに腕を回した。

陽気にそう言う男の顔を真近で見て、正信はその場で固まった。

男は、正信が大好きな『にゃんスク』の作者、鈴木一太郎《すずきいちたろう》だった。雑誌で何度か顔出ししているのを見たことがあるから間違いない。

さっき書店で新刊を見つけたときの、いやその何十倍ものときめきがこみあげる。

まさか憧れ《あこが》の本人を、こんな至近距離で見ることができるなんて。

鞄《かばん》の中にはさっき買ったばかりの新刊が入っている。思いきってサインをお願いしてみようか。内心そわそわしながら考えていると、鈴木に肩を抱かれた方の男が、正信に無表情な一瞥《いちべつ》を向けてきた。

目が合ったとたん、まさに先ほどの書店でのメンタルの乱高下が、再現される。

知ってる、この不機嫌顔のイケメン。『大冒険』の著者近影で見たことがある。

そう、藤原壮介だ。

藤原は興味なさげに正信から目を逸らすと、鈴木の手を邪険に振り払って、文芸編集部の中へと入っていった。

頭の中には、様々な感情が渦巻く。

憧れの漫画家と、憎むべきライバルに同時に遭遇した驚き。

いや、ライバルだなんて思っているのは正信の方だけで、藤原は音ノ瀬来冬という小説家の存在すら知らないかもしれない。そう思うと余計に憎しみが湧いてくる。写真で見たよりさらに長身でスタイルが良く、イケメンなところにも腹が立った。吊るしのスーツなんか着ている自分とは明らかに格が違う。

しかも、憧れの鈴木が藤原と仲がいいらしいこともショックだった。さっきは肩を組んでいたし、開け放ったドアの向こうでは、担当編集者を交えて三人で歓談しながら、なぜか鈴木が藤原

の頭を撫でている。

あの鈴木一太郎にあんなふうに頭を撫でてもらえるなんて羨《うらや》ましすぎる。

鈴木も雑誌で見るよりずっと男前だった。確か正信と同じ二十七歳のはずだが、漫画家としてのキャリアは十年を超えているだけあって、どこか風格がある。そのくせ年齢を超越したかわいらしさのようなものもある。

憧れてやまない鈴木のことを、藤原が親しさゆえか面倒そうに邪険にしているのが見て取れて、憎しみがどんどん増幅されていく。

なんともいえない気分でその光景を眺めていると、藤原の肩越しにふと担当と目が合った。

「ああ、音ノ瀬先生。お運びいただいて恐縮です」

耳に心地よい穏やかな声で、担当編集者の小宮《こみや》山旭《まあさひ》が声をかけてきた。正信は強張った顔に慌てて笑みを取り繕った。

「少し早く着いてしまって、すみません」

「いえいえ、いつも時間厳守でありがたいです」

中に入っていくと、藤原の視線が正信の胸のあたりをじろりと撫でる。つられて視線を落として、勤め先の社員証をさげたままだったことに気付いた正信は、慌ててそれをスーツの胸ポケットにねじ込んだ。

無性に恥ずかしい。かっこいい本名をそのまま筆名としても使っている藤原は、木村正信という平凡な本名も、音ノ瀬来冬などという中二病臭のするペンネームも、内心鼻で笑っているに違いない。

「うっかりしてました」

内心の動揺を押し隠し、笑顔で三人に言い訳すると、不覚にも藤原と目が合ってしまった。

なんだろう、この目つき。睨《にら》まれてる？　蔑まれてる？

イケメンにゴミでも見るような目つきで見つめられるというのは、激しくH　P《ヒットポイント》を削られるものだ。

正信を救ったのは、持ち前のプライドの高さだった。こんなところでビビってはいけない。

本当は「どなたですか？」くらい言ってやりたい。飛ぶ鳥を落とす勢いの藤原は、ちやほやされ慣れていて、自分のことを認知していない人間がいるなんて考えたこともないだろう。「藤原壮介さん？　えっと、なにをしている方ですか？」くらい言って、その高い鼻っ柱をへし折ってやりたい。

だが、同じ業界に身を置いて藤原のことを知らない人間がいるわけもなく、本心のままにそんな小芝居をすれば、逆に嫉妬や羨望が全部バレてしまうだろう。

だから正信は営業スマイルを浮かべて二人にぺこりと頭を下げた。

「鈴木一太郎先生ですよね？　いつもご著作拝読してます」

まずは藤原ではなくて鈴木の方に声をかけたのが、せめてもの意地だった。

鈴木はにこっと人懐《ひとなつ》っこい笑顔を返してくれた。

うわぁ、やっぱ本物だ！　かっこいい！　握手してほしい！　サイン欲しい！

だが、藤原は鈴木と懇意の間柄らしいのに、自分はいちファンにすぎないことをここであからさまにするのは自尊心が傷つく気がして、ぐっと我慢する。

そして次に藤原の方に営業スマイルを向ける。

「こちらは藤原壮介先生ですよね？　すごいな、超売れっ子の先生方とこんなところでお会いできて光栄です」

存じ上げているし、敬意を表するにやぶさかではありません、という態度。

同業者だからといって、くだらないライバル意識なんかありません。すごいものはすごいです、という、自分には変なプライドなんかありませんよ、という演技で自尊心を死守するという、正信自身にしか理解できない難解な演技だった。

傍から見たら、おそらくただ力のあるものに媚びへつらうつまらない人間にしか見えないだろう。

気付けば藤原の目つきがより尖っている。

心臓がひやっとなる。もしかしたら姑息《こそく》な心中など、この男には全部見抜かれているのではないだろうか。

一瞬しんとなった空気を和らげるように、小宮山が温和な笑顔で正信に話しかけてきた。

「お二人には、今日はコミック誌の連載の仕事でお運びいただいたんです」

小宮山には自分と同じサラリーマンの匂いがあって、その社交的な微笑みと人当たりの良さにほっとしながら、正信は目を丸くしてみせた。

「顔出しのお仕事ですか？　お二人ともアイドル顔負けのイケメンだから、ファンの方は大喜びですね。天は二物を与えずって、あれ、絶対嘘ですね」

会社勤めで培われたわざなのか、それとも元来の性格なのか、こういうトークはいくらでもすらすら出てくる。

「音ノ瀬先生も負けてらっしゃらないですよ」

「またそんなご冗談を。小宮山さんこそ、先生方と一緒に顔出ししないのがもったいないくらいハンサムだし」

「いやいや、音ノ瀬先生こそ冗談がお上手ですね」

当たり障りのないお世辞を言い合えるサラリーマン同士の空気にほっとして、緊張がやや緩んだものの、なぜか藤原はさっきよりも剣呑な目つきで正信を睨みつけている。

もしかして上っ面の会話が嫌いなタイプか？　いかにもそれっぽいよな。

小宮山は今度は正信を二人に紹介した。

「こちらはミステリ作家の音ノ瀬来冬先生です」

鈴木が「どうもどうも」と気負いのない笑顔で挨拶してくれる。大柄なのに笑顔はふわっとかわいらしい。

改めて、憧れの漫画家が目の前にいることを意識する。こんなチャンスはもう二度とないかもしれないし、ここはもう、変な体裁とかプライドとかなげうって、サインをおねだりしてしまおうか。

内心ぐるぐる葛藤していると、藤原がぼそっと言った。

「……音ノ瀬さん、会社勤めしてるんですか？」

唐突な問いかけに驚きつつ、正信は笑顔で頷いた。

「そうなんです。なかなか小説一本では食べていけないので」

すると藤原は見下すように言った。

「だったら小説なんか書かなくてもいいのに」

ずぶっと刃物で心臓を貫かれたような気がした。

おまえみたいな凡人が小説なんか書いても無駄だって？　才能のないやつは一生社畜に甘んじ

てろって？

初対面の人間にここまで言われるとは思わなかった。天才には非常識な人間が多いと聞いたことがあるが、まさにその典型のような男だ。

だが、咄嗟《とっさ》に何も言い返せなかった。アウトローの藤原と違って常識人の正信には本音をオブラートに包まずにぶつけ合う野蛮な習慣がなかったし、なにより、藤原の発言に反論の余地はなかった。

確かに天才の藤原から見たら、正信のような売れない作家に存在価値などないだろう。

「壮ちゃん、その言い方〜」

見かねたのか、鈴木が横からツッコミを入れてきた。だがその顔は半笑いだった。

すうっと胸の中が冷たくなった。

憧れの鈴木一太郎。思いがけずこんなふうに生で会えて、気さくで飾らない素敵な人だと思ったのに。まさか生意気な若造作家とつるんで売れない作家を半笑いで見下してくるような男だったなんて。

売れれば正義。売れないやつはカス。

「あのね、壮ちゃんは」

なにか言いかけた鈴木の胸ポケットから、やおら『にゃんスク』のＯＰが大音量で鳴り出した。

編集部内の視線が、一斉にこちらに集まる。

「あー、すみませーん」

鈴木はのどかに詫《わ》びながら、廊下に出ていった。藤原もふらっとそのあとを追う。

「すみません、ちょっとお待ちくださいね」

言い置いて、小宮山が大先生の見送りに足早にドアのところまで駆け寄る。小宮山が耳元で何か囁《ささや》くと、終始仏頂面だった藤原の顔に笑みのようなものが浮かんだ。

なんて言ったんだろう？　『藤原先生の音ノ瀬先生に対する見解、言い得て妙でしたよ！』とか？

被害妄想がどんどん膨らんでいく。

ほどなく戻ってきた小宮山は、正信を打ち合わせ用スペースに案内して、コーヒーを出してくれた。

「なんだかお騒がせしてしまってすみません」

「いえ」

「あの、藤原先生の発言に悪意はないので、気にしないでくださいね」

あれが悪意じゃないってどんな詭弁《きべん》だよ。会社に多大な利益をもたらす作家なら、人間性がクソでも目を瞑《つぶ》るってことか。

正信はメンタル崩壊しすぎてもはや打ち合わせどころの気分ではなかったが、内心を押し隠してなんでもないような笑顔で頷いてみせた。

「いやいや、天才は人柄も峻烈《しゅんれつ》だなって、感銘を受けました」

ここが無駄にプライドの高い人間の面倒なところで、傷ついていることを知られるのは屈辱だと思って、つい平静を取り繕ってしまう。

「音ノ瀬先生はお人柄が温厚で、本当にありがたいです」

小宮山にしみじみと言われると、張りつめた気持ちが少し緩んだ。さっきは僻《ひが》みとショックから穿《うが》った想像をしてしまったけれど、常識人の小宮山は、実は藤原の扱いには手を焼いているのかもしれない。

小宮山が担当になってからまだ日が浅いが、正信は小宮山の人柄には好感と親近感を抱いていた。相当腕の立つ編集者との噂だが、端麗な容姿とさりげないファッションセンスは文芸編集部内でも際立っているものの、人柄に切れ者らしいギラギラしたところは皆無で、ごく穏やかで常識的な社会人という印象だった。むしろ前の担当の方が、いわゆるやり手というイメージだった気がする。

正信がコーヒーを一口啜《すす》ったところで、小宮山はプリントアウトしたプロットを広げ、おっとりと口を開いた。

「手を入れていただいたプロット、拝読しました。とても良くなってきていると思います」

良くなった、ではなくて、良くなってきている。つまりまだ納得はしてもらえていないということだ。

「ただもう一歩、より多くの読者さんの共感を呼べる色合いにしていけたらと思うんです」

小宮山の提案は最初から一貫している。なるべく大衆受けするものを。

その人柄には好感を持っているが、編集手腕に関しては懐疑的だった。

前の担当は、誰もが思いつくことを書いても意味がない、人が考えつかないようなものが書けるのが天才だといつも言っていて、正信もその通りだと思っていた。

しかし小宮山は真逆のタイプで、売れそうなものを書かせたがる。

これって本当に敏腕編集者のすることなのか？

まあ、大衆に迎合すれば売れはするかもしれない。自分が担当する作家が売れれば、敏腕なのかもしれない。でも、それでは作家は単なる娯楽の生産装置にすぎない。個性などつぶれてしまう。

いや、小宮山が担当した藤原の『教室の魔女』は個性的かつバカ売れしている。だがそれは、小宮山の手腕というより、ただただ藤原の才能が秀でていただけなのではないか。

「具体的には、どのへんが問題ですか？」

「まず、この主人公はいろいろなこだわりっていうか、フェチの気があるじゃないですか」

「そうですね」

「ジャリっていうのとポクポクっていうのが混じった女性のパンプスの音が異常に好きで、その音を聞くとついあとをつけちゃうとか、お風呂を沸かしている匂いが大好きで、人家の窓からその匂いがしてくるとつい覗いちゃう、とか。それで毎回事件に巻き込まれるわけですよね」

「……やっぱり変態じみてますか？」

「いや、前回も言った通り、それ自体は悪くないです。僕も夜の住宅街を歩いていて、お風呂の匂いがしてくるとうずうずするし、男女問わず靴音っていいですよね。そのへんのこだわりの表現は、秀逸だと思うんです。こういう部分の音ノ瀬先生のセンス、素晴らしいです」

前の担当は「まあ我慢どころかな」が口癖で、あまり褒《ほ》めてくれないタイプだったので、褒め上手の小宮山の言葉は心に沁《し》みる。

「ありがとうございます」

「ただ、事件が毎回思いもよらない後味の悪い展開を迎えるじゃないですか。そこに、この少しコミカルなフェチ要素を絡めると、なんていうか、笑えばいいのかゾッとすればいいのか、少し相性が悪くて戸惑うんですよね」

少し、と小宮山はオブラートに包んだ表現を使っていたが、自分の作風が読者からどんなふうに評されているかはわかっている。

「よく言われます。勘違いイヤミスとか、キモミスとか、生理的に無理とか」

正信が自虐的に言うと、小宮山は「そんな」と否定しつつ、少し考え込むように指を組んだ。

「先生の作風には一定のファンがついていますし、もちろん、現状の作風を貫き通すのも一案です。ただ正直、昨今の厳しい出版状況を鑑《かんが》みると、現状維持を目指すのでは少々厳しいかな、と」

小宮山はいつも言葉の選び方がやさしい。はっきり言ってしまえば、元々売れていなかったが部数は落ちる一方で、次をしくじったらもう後がないということだ。今回の担当替えが最後のチャンスということなのだろう。

「先生には、もっと多くの読者さんの心を摑める才能があると思うんです。今のままではもったいないです。意表を突く方向じゃなくて、もう少し読み手の気分に沿う方向に展開を変えていけたら、このフェチ要素は愛すべき性格付けとして、読者さんに受け入れられる気がします」

自分の作風を貫き通すか、大衆に迎合するかの二択。そして生き残る道は小宮山の言う通り、後者なのだろう。

「わかりました。もう一度練り直してみます」

「頑張ってくださいね。期待していますから」

具体的な細かい指示を受けて、三十分ほどの打ち合わせののち、正信は編集部をあとにした。

帰宅してシャワーを浴びた正信は、疲れた体をどさっとベッドに投げ出した。部屋には一人きり。「ルルちゃん」の姿などない。ルルは実家の猫で、愛猫家設定は仕事外の面倒な誘いを避けるためのカムフラージュだった。そもそもここはペット不可の物件だ。

だがこんな夜、本物の猫がいたら慰められるのにと思いながら、ベッドの下の鞄に手をのばして、書店の袋を取り出した。

楽しみにしていた『にゃんにゃん☆ハイスクール』の最新刊。作者本人に嘲笑されたあとでは、読む気にならない。

そう思ったのに、ベッドに仰向けになってひとたびページをめくったら、面白すぎて止まらなくなった。

途中何度も噴き出しながら、気付けば最後のページまで一気読みだった。

「くっそ……」

面白かったことが悔しくて、正信は鞄から手帳を取り出した。ビジネス用ではなく、それは日々感じたことやうっぷんを書きしるすためのノートだった。

『にゃんスク面白すぎる！　鈴木先生はいけ好かないイケメンだったけど、やっぱにゃんスク面白すぎて悔しい！！！！！！！！！！！　藤原壮介がウンコを踏みますように！』

ベッドに腹這いになって、二十七歳の社会人とは思えないようなことを書き殴る。

それから、先ほどの打ち合わせを思い出して、のろのろとボールペンを動かした。

『自分のこだわりを貫き通すべきか、売れるものを書くべきか』

その隣には、『明日の昼はせんすやのラーメン』と備忘録的なメモ。

とにかく手帳の書き込みには、なんの一貫性もない。

会社で食べた取引先の土産の菓子がおいしかったので店名を書きしるしておいたり、上司に言われて腹が立った言葉や、逆に嬉しかった言葉を書き留めておいたり。あるいは外で見聞きしてちょっと気になったこともメモしてあった。ネタ帳ではない。あまりにくだらないか平凡な内容ばかりで、ネタになるようなものはひとつもない。

圧倒的に多いのは、創作がらみのあれこれだった。

些細なことだと、この前、校正で「敷居が高い」の誤用について指摘された件。正信は分不相応という意味で使ってしまったが、正しくは不義理をしてその家に行きづらいという意味だ。

作家にとってこの手の誤用は最も恥ずかしいミスのひとつだと思われているし、うっかりそのまま世に出ようものなら、鬼の首でもとったようにその間違いをネットで晒《さら》されたりする。だから校閲には心底感謝している。しているのだが、心のどこかに小さな反発心もある。

言葉は、本当に本来の意味の通りに、一切変化させずに使っていかなくてはダメなのか？

正信の読者層は二十代から三十代が中心だが、文化庁の調査によれば三十代以下の過半数が「敷居が高い」を誤用の方の意味で理解しているという。だったらもうそれでいいんじゃね？と思う。

だって変化がダメだというなら、日本人は今頃みんな「拙者」とか言ってるんじゃないの？

そもそも、「敷居が高い」という表現はどこかの一個人が生み出したものだろうに、なぜ後に続く日本人は、みんなそれを踏襲しなくてはならないのだろう。たった一人の思いつきをみんなが真似して、それに従わなかったら無知無教養だと思われるなんておかしくはないか。誤用を過半数の人が正しいと思っているなら、もうそっちも正解でいいじゃん。

……などという屁理屈《へりくつ》を担当や校閲相手にこねられるほど正信は偉くもバカでもないので、指摘された誤用はすべてありがたくその通りに直し、心にわだかまる疑問は、そっと手帳に吐き出す。

今夜は存分に鈴木と藤原の悪口を書き殴った。

『あいつらなんであんなに無駄にスタイル良くてイケメンなんだよ！』

最後の方はもう、悪口を通り越して称賛になっていて、そんな自分にも腹が立ってくる。

『売れっ子同士で仲良しアピールしやがってムカつく！　同じステータス同士でしかつるまないってか？　今頃二人で俺のこと笑いものにしてるんだろうな。いや、笑いものにするほど興味もないか？』

書きながら、うわぁ俺ってどんだけ卑屈？　被害妄想入りすぎじゃね？　と徐々に頭が冷えていく。

多分、これがこの手帳のいちばんの効用だろう。書いているうちに我に返る。

冷静になって手帳を閉じ、鞄から打ち合わせに使ったプロットの束を取り出す。

小宮山はいい人だと思う。超売れっ子を抱えながら、自分のような売れない作家にも根気強く親切に接してくれる。前の担当は多忙を理由に打ち合わせはほとんどメールだったが、小宮山は頻繁に顔を合わせての打ち合わせ時間を確保してくれる。

小宮山のためにも頑張りたい。だが、自分のような平凡な人間が万人受けの路線を選んだら、ものすごくつまらないものになってしまうのではないかという不安はぬぐえない。

再度ベッドにばたりと倒れる。ベッドサイドの小ぶりな本棚には、正信が子供の頃から今に至るまでの愛読書の中でも特に読み返し率が高いものばかりが並んでいる。『ぐりとぐら』から大ヒットアニメ映画のノベライズ、そして『にゃんにゃん☆ハイスクール』まで、すべてベストセラーと呼ばれるものばかりだ。

物書きになりたいと思ったのは、大好きな本の影響だが、自分の好きなものが万人受けする作品ばかりというのが、正信のコンプレックスだった。見た目も性格も好みも凡庸《ぼんよう》。思えばこんな人間がデビューできたこと自体が奇跡だ。

中学・高校時代、頭脳明晰《ずのうめいせき》でセンスが良く、モテる友人がいた。いつも正信がまるで聞いたこともないような本を読み、ニッチな映画を観て、マニアックな音楽を聴いていた。正信はその友人に憧れ、お薦めの本やCDを貸してもらったりしたが、正信にとってはどれも退屈で、なにが面白いのかさっぱり理解できず、理解できない自分にコンプレックスを深めていった。

なんとか人と違う感性を持ちたい、かつて自分が友人に抱いていたような羨望を、人から向けられたいと願い、なるべく変わった切り口で物事を観察するように努め、会社勤めの傍ら小説を投稿して、デビューを果たした。

新人の正信を担当してくれたのは、友人に輪をかけたようなサブカル男子編集者だった。大衆に迎合するくらいなら死んだ方がまし、新しい流れを俺たちで作ろう、というノリは、正信のコンプレックスと憧れの両方を刺激した。

その担当の前ではなんとなく気後《きおく》れして、『にゃんにゃん☆ハイスクール』のファンであることも言えなかった。一癖も二癖もある担当の気に入るように、作風はどんどんマニアックになっていった。

三年弱のつきあいののち、社内の異動でサブカル編集者は他部署に移り、新しく小宮山が担当になった。

前の担当と真逆の提案をしてくる小宮山に、正信は戸惑っていた。

どう直せばいいのかわからないプロットの束を放り出して、再びベッドに倒れ込むと、『にゃんにゃん☆ハイスクール』に手をのばす。

いいなぁ、売れっ子。

羨望の眼差しでカバーを眺めるが、ページをめくると再び単なる愛読者になって、夢中で二回目を読み始めてしまう。

さらには一巻から読み返したくなって、結局その晩はマンガを読みながら寝落ちした。

2

翌週の金曜日も打ち合わせのため編集部に立ち寄ることになっていた。

一週間あれこれ考えたものの、どうにも納得のいく展開が浮かばない。ありきたりでつまらないものになることは、正信《まさのぶ》にとって「キモミス」とか「生理的に無理」と言われるよりもっと、ダメージが大きいので、万人受けする方向に舵《かじ》を切ることにためらいがある。

前回とあまり変化のないプロットで小宮山《こみやま》の時間を無駄にするのも申し訳ない気がしつつ編集部を訪れると、打ち合わせスペースには小宮山だけでなく、藤原壮介《ふじわらそうすけ》と鈴木一太郎《すずきいちたろう》の姿がある。

悪夢再びかよと思わず身構える。

コンプレックスを刺激する天才二人の前から今すぐ立ち去りたいのに、気付けば愛想笑いを浮かべて、おべっかを口にしている自分がいる。

「こんにちは。二週連続でレジェンドに会えるなんて、自分の強運が怖くなっちゃいます」

ああ、こういう自分が大嫌いだと思う。

藤原は無表情に顎《あご》を小さく上下させた。辛《かろ》うじて会釈に見えなくもないが、いかにも傲岸不遜《ごうがんふそん》な態度だ。

その傍《かたわ》らで鈴木が「どうもどうも」とへらっと笑う。その人を食ったような笑みに、藤原とはまた別種の見下し感を勝手に察知して、返す笑顔がひきつってしまう。

小宮山が、恐縮顔で声をかけてきた。

「音ノ瀬《おとのせ》先生、大変申し訳ないのですが、実は急病で雑誌の原稿を落としそうな先生がいらして、先生方の座談会でカバーさせていただけないかという話になりまして。たまたまお二人のスケジュールの空きが、このあとの時間しか取れなくて」

ああ、なるほど。それじゃ今日の打ち合わせは延期ということか。売れっ子の前では自分との打ち合わせ予定など二の次なんだなと僻《ひが》む気持ち半分、進展のないプロットの打ち合わせが延びたことに対する安堵半分。それらを営業スマイルで押し隠す。

「そういうことでしたら、どうぞ気になさらないでください。先生方と違って、僕はいつでも時間が取れるので、また改めて」

会釈して立ち去ろうとすると、小宮山に引き留められた。

「待ってください、先生にもぜひご参加いただきたいんです」

正信は思わず目を丸くした。

「僕ですか？　でも先生方とは格が違いすぎるし、お邪魔なだけじゃないでしょうか」

「全然お邪魔じゃないっすよ」

鈴木が軽く言う。

金持ち喧嘩《けんか》せず、という諺《ことわざ》がふと脳裏をよぎる。

この場合の金とは才能のことだが、鈴木のように天賦《てんぷ》の才に恵まれている人は心が広くて、些末なことは気にしないのだろう。

「少しお帰りが遅くなってしまいますが、打ち合わせは座談会のあとでも大丈夫ですか？」

小宮山が申し訳なさそうに訊ねてくる。

「それは全然平気です」

明日は土曜日だし、そもそも打ち合わせをするほど直しが進んでいないうしろめたさもある。

「だったらぜひお願いします。先生方の素のお喋《しゃべ》りって、読者さんはとても興味を持ってくださるものなんです。これを機に音ノ瀬先生のご本を読んでみたいと思われる方も出てくるでしょうし、進行中の新作のいい宣伝にもなります」

才能のなさを自覚し始め、次回作がダメなら切られるんだろうな……などと勝手にいじいじしていたが、そんな自分のことを真剣に考えてくれる小宮山の言葉に、胸が熱くなる。

「ありがとうございます。一人だけ場違いで緊張しちゃいそうですけど、よろしくお願いします」

「場違いだなんてとんでもない。気負わずに、気楽に自由に喋ってくださいね」

小宮山のやさしい笑顔に癒されていると、頬のあたりにチリチリと視線を感じた。ちらりと目を向けると、藤原が三白眼でこちらをねめつけている。

社交辞令で声かけてやってるだけなのに、なにを真に受けてるんだとでも言いたそうな視線だった。

少し離れたところで電話をしていた若い男が、こちらに近づいてきた。

「お店の予約取れました」

「ありがとう。音ノ瀬先生もＯＫです。あ、先生、こちらは鈴木先生の担当の岩瀬《いわせ》です」

「どうも初めまして、岩瀬と申します。今日は急なことで恐縮ですが、どうぞよろしくお願いします」

男はシャツの胸ポケットから名刺を取り出した。

「こちらこそよろしくお願いします。すみません、こっちの仕事用の名刺は作っていなくて」

正信は会社の名刺を取り出して、日々の業務で慣れ親しんでいる名刺交換に応じた。

相変わらず藤原の視線を感じる。どうせまた「リーマンは会社の仕事だけしてろよ」などと思っているのだろう。

「壮ちゃん、なんか顔怖いよ」

鈴木が茶化すように言って、指で藤原の口角を引っ張り上げようとする。藤原がそれを邪険に振り払うが、鈴木は楽しげに笑いながら、しつこく藤原に絡んでいく。まるで小学生のようだ。

社会に出ることなくデビューして「先生」と呼ばれるようになった人たちには、社会人としてのまともな礼儀もないのかよと思ってしまう。

しかし、その思いの底にあるのは、馴染《なじ》みの嫉妬だった。社会経験とか、まともな社会常識とかを振りかざすのは、そういうルールのある世界でしか生きられない凡庸《ぼんよう》な人間のすること。天才たちはそんなものに縛られる必要性など感じていないはずだ。

タクシー二台で移動したのは、高層ビルの上階にあるダイニングバーだった。

エレベーターの中で、小宮山が岩瀬に小声で何か言っていた。珍しく怒っているようにも見えて、なんだろうと怪訝《けげん》に思ったが、正信の視線に気付くと、すぐにいつもの穏やかな笑顔に戻った。

店のエントランスで岩瀬が予約名を告げると、衝立《ついたて》で軽くほかの席と仕切られた窓際のテーブルに案内される。

「音ノ瀬先生、奥へどうぞ」

小宮山がガラスに面した夜景の美しい席を勧めてくれる。だが凡庸な社会人である正信には、こういう場所だと窓際が上席だという意識が働き、「いえ、小宮山さんが」としばし譲り合いになる。

　すると藤原がすっと正信の前を横切り、さっさと窓際に座ってしまった。

　その傲慢《ごうまん》さに一瞬イラっときたが、これこそが常識に縛られない天才なのだろう。

「じゃあ、俺は壮ちゃんの向かいね」

　なんの遠慮もなく鈴木も窓際に座る。まあ、この面子《メンツ》の中で段違いに稼いでいるのがこの二人だと思えば、その席順は妥当と言えた。

　結局、小宮山は藤原の隣に座り、その向かいに正信が座って、いわゆるお誕生日席という場所に岩瀬が座った。

　フードとお酒を小宮山が手際よく注文し、飲み物がきたところで乾杯をする。

　緊張しすぎて、つい最初のグラスを一気飲みすると、胃がかぁっと熱くなる。たいしてアルコールに強いわけでもなく、しかも空きっ腹だったため、一気に心拍数が上がっていく。

　小宮山がさりげなくおかわりを頼んでくれた。

　編集者二人が主になってしばしなんということもない雑談をしたのち、小宮山がレコーダーを取り出してテーブルの端に置いた。

「それでは、あまり身構えずに、飲みながら気楽にお話をしていただけたら。まずは自己紹介的な感じでどうでしょう」

小宮山の声にかぶさるように、鈴木が突然「あっ！」と大きな声をあげた。なにごとかとギョッとしていると、鈴木は服のポケットからサインペンを取り出し、いきなりテーブルクロスに何か描こうとした。

「待ってください！」

「先生こちらへ！」

岩瀬がペンとテーブルの間に手のひらを差し入れ、その間に小宮山が鞄《かばん》からノートを取り出して鈴木の前に置く。見事な連携プレイだった。

鈴木は前屈《まえかが》みになって、ノートにものすごい勢いで線を引いていく。四コマに仕切ったマスの中に、魔法のようなスピードでマンガを描いていく。

「アイデアが降りてきたみたいですね」

岩瀬が苦笑いする。

目の前で『にゃんスク』のキャラクターたちがラフな線で描かれていくのを見ていると、胸が高鳴った。

「こうなってしまうと、しばらくこちらに戻ってこない場合もあるんですよね」

小宮山がやれやれという笑顔で言う。どうして小宮山が鈴木の属性に詳しいのだろうと怪訝に思っていると、正信の顔に浮かんだ疑問に気付いたのか、小宮山が自ら説明してくれた。

「コミック編集部に在籍していた頃、鈴木先生を担当させていただいたことがあるんです」

「そうだったんですね」

ジャンルを超えて売れっ子を育てる才があるのかと、感心する。

「とりあえず、藤原先生と音ノ瀬先生とお二人で始めていただけますか」

小宮山にそう振られて、正信は我に返った。

藤原と二人で話せと言われても困惑する。正信もさることながら、藤原だってまったく正信と話したいなどとは思っていないだろう。

「緊張しますね、こういうの」

なんとか場をもたせようと笑顔で言ってみるも、藤原に無視され、なんだか自分がひどい失敗をしたような気分になって、正信は手持ち無沙汰《てもぶさた》に二杯目のカクテルを呷《あお》った。

まだ座談会は始まってすらいないのに、すでに酔いが回って頭がぐらぐらした。

「まずは、お互いに質問というか、知りたいこととかありますか？」

小宮山が会話の方向性をアシストしてくれる。

知りたいこと……。

どうやったらそんな傲岸不遜な態度でいられるんですか？　自分が世界でいちばん偉いって思

ってます？　なんてもちろん訊けるはずもない。

だからといって、どうしてあんなに面白いものが書けるんですか？　とか、どうやったら売れっ子になれますか？　などという質問はありきたりすぎるし、同業者としてプライドを捨てすぎではないか。

もっと深くて、さすが目の付けどころが違うというような質問はないものか。

「困ったな。伺ってみたいことがたくさんありすぎて」

何を訊くべきか悩みつつ、場が沈黙でしらけないようについ間を持たせるようなおべんちゃらを口にしてしまうのは、サラリーマンの性《さが》だろうか。だが、藤原は喋りたくなければ、切喋らなそうだから、自分がどうにかしなくてはと思ってしまう。

そもそも、藤原は正信に訊きたいことなどあるのだろうか。それ以前に、作品を認知しているかどうかも怪しいものだ。

いや、気働きのある小宮山がそんな状態のまま座談会をさせたりはしないだろう。事前に作品のタイトルくらいは説明しているはずだ。

落ち着かない気分で三杯目のカクテルに唇をつけていると、なにかが取《と》り憑《つ》いたようにペンを走らせていた鈴木が急にこちらの世界に戻ってきた。

「音ノ瀬先生、見かけによらず強いっすね」

「いえ、それほどでも」

普段はビールひと缶を飲みきれないこともあるくらいだ。鈴木の指摘で自分がすでにだいぶ飲みすぎていることに気付いて、もうあとはチビチビ舐《な》める程度にしようと思う。

「あの、ちょっと訊いてもいいですか？」

ところが突然藤原にぼそっと声をかけられ、驚きで思わずグラスの中身をすべて呷ってしまった。

まさか藤原の方から質問してくるとは思わなかった。正信は慌てて笑顔を取り繕う。

「はい、なんでしょう？」

藤原は真顔で言った。

「名刺交換のコツってなんですか？」

正信は笑顔のまま凍りついた。

なにそれ。どんな嫌み？

社畜はこんなところで売れっ子作家の座談会に首を突っこんでいないで、会社でペコペコ名刺交換会でもしてろって？

「ええと……」

それでもなんとか場の空気を丸く収めようと当たり障りのない言葉を探す正信の隣で、鈴木が噴き出した。

「壮ちゃんって、ホントに最高だよね」

プッツと頭の中で何かが切れる音がした。

売れっ子の天才が二人がかりで売れない作家いじめかよ。

売れるって、そんなに偉いことなのか。

「あ、そうそう、これ」

場の空気に慌てて話題転換をはかろうとしているのか、岩瀬が鞄の中から封筒を取り出した。

「劇場版『髑髏王子《どくろおうじ》の憂鬱《ゆううつ》』のチケットなんですけど、よかったらどうぞ」

前売り券を二枚ずつ配ってくれる。

『髑髏王子の憂鬱』は正信が『にゃんにゃん☆ハイスクール』の次に好きなマンガだった。

「原作も実写版も絶好調ですよね、髑髏王子」

小宮山が笑顔で言う。

平時だったら、正信も髑髏王子話で盛り上がりたいところだった。映画だってもうすでに二回観ていて、あと五回は行きたいと思っていたから、チケットはとてもありがたい。

だが、アルコールで理性の箍《たが》が緩んだことに加えて、正信の心は不当に辱められた屈辱で黒くよどんでいた。

「おかげさまで全巻重版が決定しました」

「先月も重版かかったよね？」

「そうなんです。一巻は三十七刷です」

岩瀬と小宮山の会話を遮るように、正信の口は勝手に言葉を発していた。

「まあ確かに人気あるみたいですけど、売れることがエラいとは僕は思わないんですよね」

全員の視線が正信に集まる。おい、やめろよ俺、と思うのに、口は勝手に動き続ける。

「売れるっていうことは、大衆の凡庸な感性に幅広くフィットするっていうことでしょ？　つまり凡庸な小説や漫画や映画ほど売れるとも言えますよね。逆に高尚な作品は平民には理解されにくいわけで、売れないから才能がないってことにはならないと思うんです」

みんな無言で正信を見ている。編集二人は心配そうに目配せし合い、藤原はゴミでも見るみたいな目つきで、隣の鈴木は小馬鹿にしきったような笑みを浮かべて、続きを促す視線を送ってくる。

もうやめろって、俺の口！

しかし、言葉はどんどん溢れ出してくる。

「いわゆる文豪と呼ばれる人たちも、生前は不遇で、没後何年も経ってからようやく時代が作品に追いついて評価が高まるってことはよくありますしね」

自分が発している言葉なのに、耳から脳へと伝わると、羞恥《しゅうち》のあまりその場で切腹したくなった。

なに言ってんの、俺。

多分、これはある意味本音なのだろう。評価されないのは、俺の才能に気付かないバカばっかりだからと、心のどこかで思っているのだ。

だが、自分が口にしても完全に負け犬の遠吠《とおぼ》えでしかない。こういうことを言って許されるのは、真の売れっ子だけなのに。

場に流れたしらじらとした空気を破ったのは鈴木だった。

「こういう感じっすかね？」

鈴木がこちら向きに広げたノートの紙面では、にゃんスクのキャラクターに両脇を抱えられて墓から這い出した宮沢賢治《みやざわけんじ》が、「呼んだ？」と呟いている。

ほんの一瞬でさらさらと描いたのだろうに、賢治の特徴を驚くほど的確にとらえていて、編集たちから感嘆の声があがる。

そこから鈴木が次々と文豪の顔を描いて変な吹き出しをつけてみんなを笑わせ、場の空気はほどよく和んでいった。

座談会終了の一時間後、正信は映画館のシートに身を預け、放心していた。『髑髏王子の憂鬱』のレイトショー。三回目でもやっぱり面白い。

面白いけれど、集中できない。徐々に酔いも醒めてきて、先ほどの自分の言動を思い出すと、思わず叫びそうになる。

鈴木が場を和ませてくれたあと、座談会はつつがなく進行した。したと思う。正信もなにごともなかったかのように笑顔で会話に参加し、質問を振られれば当たり障りなく何か答えた気がするが、ほとんど覚えていない。

座談会のあと、少し飲みすぎてしまったので打ち合わせはまた後日にしてほしい、と小宮山に頭を下げ、逃げるようにその場を離れた。もしかしたら今頃、四人で飲み直しながら正信の悪口を言っているのかもしれない。いや、それすら正信の自意識過剰の被害妄想で、正信が場を離れたとたん、みんなその存在すら忘れているかもしれない。

恥ずかしい。自分のすべてが恥ずかしい。売れないことも、自意識過剰も、高尚ぶって大口叩いたことも。なにもかもが恥ずかしくて足をバタバタしたくなる。

座談会でディスっておきながら、その足でこうして映画を観に来ていることも恥ずかしい。だけどやっぱり面白い。原作も感動したけれど、映画もまた素晴らしい。ネットでは、原作に比べて映画はこういう部分がダメだというような粗探しが盛んに行われているが、正信はそれらを読むまではそんなことにはまったく気付かず、ただただ面白いなぁと思って観ていた。だからダメなんだよと思う。売れてるものを普通に楽しんでしまう自分の愚鈍な感性がつらい。その反動で、酔って理性が緩んだ拍子にさっきみたいな発言をしてしまったのだ。

こんなに落ち込んでいるのに映画はやっぱり面白くて、しかしこんなに面白いのに完全には集中できなくて、ぐるぐるしすぎてエンドロールが流れる頃にはすっかり疲れ切っていた。

朝六時に起床して満員電車に揺られ、仕事が終わってから深夜まで原稿を書く日々。金曜日ともなると疲れはピークで、ましてやあの座談会のあとである。上瞼《うわまぶた》が落ちくぼんで、もうこの場で寝てしまいたくなる。

明るくなった場内で、なんとか眠気と闘いながら席を立った時、同じ列の通路際にいる長身の男と目が合い、正信は固まった。

「あれ、音ノ瀬先生、偶然ですね」

へらっと笑顔を見せたのは、鈴木一太郎だった。

気だるい眠気が一気に吹き飛ぶ。まさかこんなところで鈴木と鉢合わせするなんて。

作品を見下したような発言をしておきながら、いそいそと劇場に足を運んでいる自分を鈴木はどう思っただろう。

なんとか言い訳をしなくてはと、また口が勝手に動き出す。

「いやぁ、せっかくチケットをいただいたので、無駄にしたらもったいないかな、と。こういうついででもないと、なかなか足を運べなくて」

特に興味もないけれど、流れで来てみましたというふうを装う。

「そうだったんですか。俺はもう三回目なんすよ。原作も大好きだけど実写も超よくて、あと五回は劇場で観たいと思ってるんです。思いがけずチケットもらえちゃって、役得ヒャッホーって感じっす」

屈託なくそう言う鈴木の前で、正信は笑顔のまま固まった。

平凡な人間だと思われたくなくて変に肩肘を張っている正信とは対照的に、なんの気負いも虚飾もなく好きなものを好きだと言える鈴木に、完全に負けたと思った。

かっこ悪い。やっぱり俺は最高にかっこ悪い。

「……すみません、終電に乗り遅れそうなので、お先に失礼します」

自分がほとんど泣きそうになっていることに気付いて、正信は取り繕った笑顔で鈴木に会釈をして、その傍らをすり抜けようとした。

「うわっ」

通路の段差に気付かないまま歩き出した正信は、足を踏み外して派手に床に転がった。

「大丈夫？」

鈴木が正信の手を摑んで引っ張り起こしてくれた。奇《く》しくもこんな形で鈴木との握手が叶ったことに複雑な気持ちになる。指先に色とりどりのインクがついた鈴木の手はとても大きくて、引っ張り起こされて間近に立つと、改めてその背の高さを実感する。全部のパーツの大きさが、その心の広さに比例しているようで、一方、自分は体格の小ささと心の狭量さが見事に一致しているなと自己嫌悪に陥《おちい》る。

「すみません、ありがとうございます」

あたたかくてさらっと乾いた鈴木の手から、正信はそっと自分の手を引き抜いた。

「音ノ瀬先生、お疲れなんじゃないですか？　目の下、くまになってますよ」

鈴木は軽く腰を屈《かが》め、少し茶色っぽい瞳でまじまじと正信を見つめてきた。ドキリとして思わず視線を泳がせる正信に、構わず続ける。

「うち、この近くだから、ちょっと寄って休んでいきませんか？」

思いがけない誘いだった。正信はつい身構える。

ちゃんと話したのは今日が初めての相手をいきなり自分の家に誘うなんて、あまり一般的ではない気がする。

もしかしてこのヘラヘラした笑顔の裏で、座談会での正信の上から目線な発言に腹を立てていて、創作に携わるものの先輩として説教でも垂れようというのか？

「行こ行こ」

正信の不安をよそに、鈴木は正信の肩に親しげに手を回し、劇場の外へと促す。シネコンを出たところでタクシーを拾った。

ものの十分ほどで、鈴木の家に到着した。

そこは古びたアパートで、しかも鈴木の部屋は一階だという。

あまりの意外さに、説教の懸念も忘れてぽかんと外観を眺めていると、鍵を取り出しながら鈴木が「どうしたの？」と訊ねてきた。

「いえ、あの、鈴木先生くらいの億万長者だと、タワーマンションの最上階に住んでたりするのかなって思ってました」

「前の担当が高いところ嫌いな人だったから、引っ越しのときにタワマンは除外しました」

「え、そんな理由で？」

「もちろん、それだけじゃないっすよ。ここ、古い分、自由にリノベーションしていいっていうから、二部屋ブチ抜きで使わせてもらってるし、ペットOKだし、快適ですよ」

そう言いながら鈴木がドアを開けると、中は外観とはまるでイメージが違っていた。レトロモダンな内装で、壁の一部を取り払って隣の部屋と繋げているので、かなりの広さがある。

正信がいちばん驚いたのは、壁にも床にも家具の上にも、ありとあらゆる平面にマーカーでマンガのキャラが描かれていたことだ。先ほどのダイニングバーでの奇行からして、インテリアの一環というわけではなく、アイデアを思いついたら描かずにはいられないのだろう。

半口を開けて室内を見回していると、軽やかな鈴の音とともによく太ったアメリカンショートヘアが壁の奥から顔を出した。

「ただいま、ナナ」

鈴木は猫の腹に手を入れてひょいと片手で抱き上げ、正信の顔の前に差し出してきた。

「お客さんだよ。あ、音ノ瀬先生、猫大丈夫っすか？」

「大好きです」

今日初めて気分がちょっと上向いて、正信は鈴木の手からアメショーを抱き取った。おっとりとした雌猫は、何の抵抗もみせずに無防備に正信の腕に身を預けてくる。その手触りと体温で、脳内に癒し物質がどっと放出されたのを感じる。

「かわいい！」

思わず笑顔になってナナの頭に頬をつけると、鈴木も嬉しげに微笑む。

「でしょ？　にゃんスクの姫芽《ひめ》のモデルです」

「言われてみれば確かに似てますね！」

「散らかってるけど、ソファで寛いじゃってください」

「鈴木先生の指定席はどこですか？」

「気にせずどこでもどうぞ」

「でも……」

そんなやりとりから、ふとダイニングバーでの座席の譲り合いのことを思い出した。ある可能性が脳裏をよぎる。

「……高いところが苦手な担当さんって、もしかして小宮山さんですか？」

高層ビルのエレベーターの中で、小宮山が岩瀬になにか詰め寄っていたのは、そのことだったのではないか。

「そうそう。岩ちゃんは旭《あさひ》さんの高所恐怖症を知らなかったみたいだけど、旭さん、あの席に相当ビビってたよね。壮ちゃんが助け舟出してあげて、男前って感じだったけど」

傲慢で感じが悪いと思っていた藤原の行動にそんな意味があったのかと、正信は目を丸くした。

「それで藤原先生が窓際に……」

「うん、壮ちゃんってやさしいよね。それにかわいいし」

「……かわいい？」

「かわいいでしょ？　今日だって音ノ瀬先生の名刺交換にめっちゃ食いついてて」

思い出したように鈴木は陽気な笑い声をあげる。

「壮ちゃん、どうも自分がコミュ障で社会経験に乏しいことがコンプレックスらしくて」

「……そうなんですか？」

「最近は仕事でいろんな人と会う機会が増えたけど、名刺交換の仕方がなってないって、旭さんに注意されたって、この前へこんでたんですよね。それで音ノ瀬先生の華麗な名刺交換に憧《あこが》れの念を抱いちゃったんじゃないっすか？」

思いもよらない話に、正信はあっけにとられる。

完全に小馬鹿にされているのだと思ったが、本当にそんな意味だったのか？　そして鈴木が笑っていたのは、そういう藤原に対してだったのか？

そうとわかって見てみれば、鈴木の笑顔には人を見下すような色合いはみじんもない。そもそも、素が笑顔というタイプの顔の作りで、アヒル口とまではいかないが、口角は常にきゅっと上がっており、柔らかな髪と瞳の色と相まって、いつも明るいその表情には裏などなさそうだ。勝手に穿《うが》ったイメージを持ったのは、正信の疑心暗鬼ゆえだったようだ。

「コーヒーとビール、どっちがいいですか？　それともノンカフェインのお茶にします？」

ソファの上の雑誌や上着を適当に片付けながら、鈴木が軽い調子で訊ねてくる。

「あ、いいえ、お構いなく」

「じゃあノンカフェインのアールグレイにしようかな」

鈴木は身軽にキッチンへと消えた。やかんに水をためる音を聞きながら、正信は猫を抱いたままソファに腰をおろした。

革張りのソファにもいたるところに落書きがあった。その中で、にゃんスクに登場したワンシーンを見つけて、気持ちが高揚する。

考えてみれば、俺は今、鈴木一太郎の部屋にいるのだ。これってすごいことじゃないか？　過去の俺に話したら、きっと驚愕《きょうがく》するに違いない。

ソファやローテーブルの落書きを興味深く眺めているうちに、ふと、湯が沸く音に気付いた。やかんの蓋《ふた》がカタカタいっているが、一向に火を止める気配がない。

そろそろと立ち上がり、キッチンカウンターの裏側を覗いて、正信は目を丸くした。

鈴木は床に這いつくばって、また何かを描いている。

「先生、やかんが沸騰してます」

声をかけてみたが、鈴木は完全に自分の世界に入り込んで、蛇で縄跳びをする猫の絵を描いている。

なんとも自由な人だよな……。

正信はコンロの火を止めて、これは帰った方がいいのだろうかと思いながら、いったんソファに戻った。初対面なのに人懐《ひとなつ》っこいナナが、よいしょと正信の膝に戻ってくる。

飼い主は得体が知れないけれど、猫はかわいいな……などと、そのぬくもりと触り心地に癒されているうちに、いつのまにか正信はソファで眠ってしまった。


「音ノ瀬先生、お茶入りましたよ」

鈴木の声で目を覚ました正信は、室内の明るさに一瞬なにが起きたのかわからなかった。

窓の外からは軽やかな雀のさえずりが響き、すでに日は高く昇っていた。

正信がガバッと起き上がると、腿《もも》の上に乗っていたナナが迷惑そうに床に飛び降りた。

「え？　朝？　今何時ですか？」

「九時。もしかして今日もお仕事でしたか？」

「いえ……」

土曜日なので仕事はないが、それにしたって初めて訪ねた人の家で朝までぐっすり寝こけるなんて、自分としたことがどうかしている。

スーツの上着はソファの背もたれにかけられ、その上にネクタイも重ねてあった。自分で脱いだり外したりした記憶がないから、鈴木がやってくれたのだろう。

「やっぱノンカフェインじゃなくて、コーヒーにしちゃったけど、いい？」

かれこれ八時間以上前の会話を今さっきのことのように続けながら、鈴木が湯気の立つマグカップをテーブルの上に置いてくれた。

コーヒーだけではなかった。テーブルの上には、たっぷりのクリームがかかったふわふわのパンケーキと、半熟のベーコンエッグが並んでいる。

正信は目を丸くして呟いた。

「……すごい」

「いや、簡単なものばっかりで。音ノ瀬先生、朝は和食派だったらごめんね」

「いえ、普段は朝は食べない派です」

「マジで？　だからそんなに華奢《きゃしゃ》なんだよ。ちゃんと食べないと疲れも取れないでしょ？」

洗面所とトイレを借りたあと、正信は鈴木とともに朝食を食べた。パンケーキは異常なほどおいしかった。一度、市販のミックス粉で作ったことがあるが、それとはまるで別物だった。

「こんなおいしいパンケーキ、生まれて初めて食べました」

「よっ、褒《ほ》め上手《じょうず》！」

鈴木が茶化してくる。

「本当です。どうやって作るんですか？」

「卵の白身と黄身を分けて、白身をひたすら泡立てるんだ」

「大変そう」

「楽しいっすよ。締め切り前とか、いい気分転換になるし」

「そういうものですか」

「音ノ瀬先生の気分転換はなんですか?」

「気分転換……」

カリカリのベーコンをかじりながら、正信は考え込んだ。仕事と原稿に追われ、気分転換なんて考えたこともなかったし、そんな余裕もなかった。せいぜい好きな本や漫画を読むことくらいか。

正信が答えに窮しているのを見ると、鈴木が笑顔で助け舟を出してくれた。

「音ノ瀬先生の場合、サラリーマンとの両立がいい気分転換になってるのかもしれないっすね」

いえいえそんな。単に小説では食べていけないから仕方なく二足の草鞋《わらじ》を履いているだけです。

といういじけた考えが頭に浮かばないでもなかったが、朝という時間帯のせいか、朝食がおいしすぎるせいか、いつもほどのマイナス思考には陥らなかった。

料理が気分転換か。俺も今度やってみようかな、と思ったりする。

ちょうど朝食を終える頃に、鈴木のアシスタントの男女二人組がやってきて、正信はそれを潮に帰ることにした。

「お忙しいのに、うっかり泊めていただいちゃってすみません」

「ぜんぜん。また来てね」

気さくな笑顔で見送られて、教えられた道をたどって朝の通りを駅に戻りながら、変な一夜だったなと思う。

いきなり自宅に誘われたから、説教でもされるのかと思ったら、正信がいることも忘れて床にマンガを描き始めるし、正信は正信で人の家のソファで爆睡してしまった。元来、正信は生真面目な性格で、人の家のソファで眠りこけたことなど一度もなかった。

久しぶりにぐっすり眠ったせいか、ボリューム満点の朝ごはんのせいか、なんとなく少し活力が戻ってきた気がした。

3

プロットの膠着状態《こうちゃくじょうたい》は相変わらずだったが、鈴木《すずき》のおかげでネタに悩んでいた文芸編集部のサイトのリレーエッセイはすらすら書けた。『最近ハマっていること』というお題で、知り合いからおいしいパンケーキをご馳走になったのをきっかけに、自分も料理にハマってみようと道具を買い揃えてみたが、ハマるどころかまだ一回も作っていません（汗）的な話をコミカルにデフォルメして書いた。原稿を送信すると、すぐに小宮山《こみやま》から『とても面白かったです！』と返信がきた。どんな小さな仕事でも、ＯＫをもらえると気分が高揚するし、鈴木の家に泊めてもらったということ自体、正信《まさのぶ》の気持ちをあげていた。

ずっとファンだった憧《あこが》れの漫画家の家に泊めてもらうなんて、普通あることではない。

翌週末、延期になっていた打ち合わせのため編集部に寄ると、今日も小宮山と話をしている藤《ふじ》原《わら》の姿があった。こまめに会って打ち合わせをするのが小宮山の方針だと聞いてはいるが、藤原との遭遇率の高さには驚くものがある。

この間の座談会での醜態を思い出すといたたまれない感があったが、なるべく平静を取り繕って「先日はお世話になりました」と挨拶すると、藤原はいつものように無表情に会釈をよこした。

今までなら、どうせちゃんと挨拶を返すほどの価値もないと思われているのだろうなどと被害妄想に陥《おちい》ったところだが、鈴木から「コミュ障がコンプレックス」と聞いて、少し見方が変わっていた。

「すみません、藤原先生との打ち合わせ中でしたら、終わるまで下でお待ちしています」

正信が言うと、

「いえいえ、雑談していただけですから、どうぞおかけください」

小宮山は正信にソファを勧め、セルフのコーヒーマシンで正信の分のコーヒーを淹《い》れてくれる。

代わりに藤原が席を立とうとするが、藤原のカップにはまだコーヒーが半分以上残っていた。

「藤原先生、ゆっくり飲んでいってください」

正信が引き留めると、藤原は一瞬戸惑ったように固まったが、無言で座り直した。

「昨日いただいたエッセイ、すごく面白かったですよ」

小宮山のやさしい言葉に「ありがとうございます」と返すと、なぜか藤原に睨《にら》まれた。なにごとかと身を固くすると、小宮山が笑い出す。

「藤原先生はエッセイが苦手なんですよね」

「だって、何書いていいかわからないし……」

子供のように拗《す》ねた声を出す。自分が何かやらかしたわけではないとわかり、少しほっとした。

「わかります。エッセイとかコメントとか素の自分が出るものって、小説を書くより難しいですよね」

正信が言うと、いつも陰鬱《いんうつ》そうな藤原の目にパッと光が宿る。

「ですよね？　よかった、俺だけじゃなくて」

傲慢《ごうまん》な男かと思っていたが、確かに鈴木の言う通り不器用な青年のようだ。

意外な発見にちょっと微笑ましくなりながらコーヒーを一口啜《すす》ると、藤原がまたすごい目つきでこっちをガン見してくる。

今度はなんだ？　また社員証を外し忘れているのか？

自分の身体に視線を落としてチェックしていると、藤原がぼそぼそと言った。

「そんな熱いものをいきなり飲めるなんて、すごいですね」

「……え？」

「しかもブラックで」

なんの話だよと思っていると、小宮山が再び笑い出す。

「藤原先生は猫舌で甘党なんです」

藤原は決まり悪げにカップを手に取り、もう湯気も立っていないコーヒーの表面に息を吹きかけて慎重に口に運んだ。

おいおい、不器用を通り越して、かわいいか？

意外な姿に驚きつつ、正信はふと自分の手荷物を思い出した。

「そうだ、小宮山さん、これを鈴木先生にお渡しいただけませんか？」

紅茶専門店のギフトセットを、小宮山に差し出す。

「鈴木先生にですか？」

「先日、ひょんなことからご自宅に泊めていただいたので、ささやかですがお礼をと思いまして。岩瀬《いわせ》さん経由でお渡しいただけたらありがたいです」

なりゆきとはいえ一晩泊めてもらったし、おいしい朝食をごちそうになって、エッヒイのヒントももらった。お礼の気持ちを伝えたかった。何にしようかと選ぶのは、思いがけず楽しかった。

人に頼んで渡してもらうから、なるべく日持ちのするものをと考え、鈴木がお茶やコーヒーを取り揃えていそうなタイプだったので、全種類違うフレーバーの紅茶のティーバッグセットにした。

正信にしてみれば、社会人として常識的なふるまいのつもりだったが、なぜか小宮山と藤原は驚いたような顔で正信を見ている。

小宮山はどこか言いにくそうに、小声で訊ねてきた。

「あの、大丈夫でしたか？」

「はい？　なにがですか？」

小宮山が続きを言いかけたとき、編集部内から「小宮山さん、お電話でーす」と声がかかる。

「あ、ちょっとすみません」

小宮山が席を外して、藤原と二人で取り残されると、なんとなくぎこちない雰囲気が漂う。コミュ障というのは伝染性がある。

手持《ても》ち無沙汰《ぶさた》にコーヒーを啜っていると、藤原が俯《うつむ》いたままぼそぼそと話しかけてきた。

「……いきなり食われたりしませんでしたか？」

「え？　食われ……？」

意味がわからず問い返すと、藤原は小さく頷いた。

「鈴木さん、すごくいい人で尊敬もしてるんですけど、ちょっとそっち方面の節操がないじゃないですか」

「そっちって……あの、でも、僕は男ですし」

藤原はちらりと視線を上げ、言いにくそうに続ける。

「あの人はバイだって公言してるし、フィーリングが合えば犬でも馬でもイケるとか豪語してるので」

「犬……？」

俄《にわ》かには信じがたい話に、思わず眉を顰《ひそ》める。

藤原は小さく頷いた。

「前はしょっちゅう小宮山さんを口説いてたし、俺も何度か迫られたことがあります」

「え、藤原先生が？」

正信は驚愕《きょうがく》して思わず声を裏返した。鈴木はかなり大柄だが、藤原も一八〇センチはゆうにあるだろう。そうそう同性に迫られるタイプにも見えない。

「鈴木さんにしてみれば社交辞令の一環なのかもしれないけど、とにかく相手構わずなんです。音ノ瀬《おとのせ》さんみたいに美人で、名刺交換が上手な人は、格好の餌食《えじき》って気がするから、旭《あさひ》さんも心配になったんじゃないかな」

この流れに名刺交換は関係ないだろうとか、今、小宮山さんを名前で呼ばなかったか？　とか、いろいろツッコミどころはあったが、それ以上に、ショックの方が大きかった。

鈴木がバイで、言葉の綾《あや》だろうけれど馬でも犬でもというくらいに守備範囲が広くて、小宮山も藤原も口説かれたことがあるという事実。

しかし、部屋に泊めてもらった自分にはなんのお誘いもなかった。

誘われなかったことをショックだと思っている自分が、二重にショックだった。

正信はゲイではない。ないつもりだ。鈴木にそういう意味で誘われたいなんて思ったこともない。

だが、挨拶代わりに誰でも口説くと聞けば、自分だけ口説かれなかったというのは、なんだかショックだった。なりゆきで泊めてもらって、大好きな漫画家に特別扱いしてもらったことに感激していたのに、それは全然特別ではなかった。それどころか、自分だけはそういう対象にしてもらえなかった。

自尊心が高く、それでいて自分に自信のない正信は、一気に意気消沈した。

空のカップをテーブルに置いて席を立った藤原を、電話を終えた小宮山がエレベーターまで送り、戻ってくると申し訳なさそうに頭を下げた。

「お待たせしてすみません」

「いえ。……小宮山さん、鈴木先生に迫られたことがあるって、本当ですか？」

小宮山は苦笑いでメガネに手をやる。

「鈴木先生特有のおふざけですよ。あの人は誰にでもあんな感じだから」

そう言って、小宮山は心配そうに少し身を乗り出した。

「ただ、音ノ瀬先生は真面目な方だから、うまくいなせずに押し切られてしまったりしないかとちょっと心配になって。それでさっき、大丈夫でしたか？　なんて下世話なことを訊いてしまってすみません」

「いえ……」

「そのご様子ならおかしなことにはならなかったみたいですね。ほっとしました」

それに続く打ち合わせの内容はほとんど右から左だった。大雑把《おおざっぱ》には前回同様「良くなってきましたね」という進行形での励ましをもらったのみという感じだったと思う。

頭の中にはひたすら、誰にでも誘いをかける男に誘われなかった俺、というネガティブなイメージがぐるぐると回り続けていた。

一週間後の晩、正信はゲイバーのカウンター席で身を硬くしてモヒートをチビチビ飲んでいた。

小宮山から聞いたところによれば、鈴木はだいたい毎週木曜日の深夜から金曜日未明に週刊連載の原稿をあげるのが常だという。

ならば金曜日の晩あたりには気晴らしに飲みに出る可能性が高いのではないかと推測して、これまた小宮山から聞き出した鈴木の行きつけの店で張ってみることにした。

適当にあたりをつけはしたものの、遭遇できる可能性がさして高いとも思えない。だが、どうにもこうにも、もやもやするこの気持ちをスッキリさせずにはいられなかった。

正信の計画はこうだ。

まずは鈴木とばったり鉢合わせる。鈴木は驚き『こんなところでなにしてるんですか?』と訊ねてくる。正信はちょっと決まり悪げな小悪魔顔でペロッと舌を出してみせ『参ったな、まさか鈴木先生に会っちゃうなんて。いや、実は一夜の相手を探しに、たまに来るんですよね』と、遊び慣れた顔を作って呟いてみせる。

そこで鈴木が冗談でも乗ってくる気配を見せたら、すぐにゲーム終了。『本当は仕事がらみの取材なんです』とでも言い訳するつもりでいた。

冗談でいいから、鈴木が口説く素振りをちらりとでも見せてくれれば、正信のプライドは満たされる。

自分でもこんなことは馬鹿馬鹿しいとわかっているし、何をやっているのかと呆れる。こんなところで時間を無駄にしているくらいなら、家に帰ってやるべきことは山のようにあるのに。

店に入って三十分ほどの間に、すでに三人から声をかけられていることも、正信を怯《おび》えさせ、うしろめたい気持ちにさせた。

自分が同性の恋愛対象になるのだということへの慄《おのの》き、そして真面目なゲイの皆さんを騙《だま》しているという申し訳なさ。

時間が経つほど、自分のやっていることの浅はかさを後悔し始めた。うっかり鈴木に遭遇してしまわなかったのはラッキーだったと、席を立ったときだった。

「あれ、もしや音ノ瀬先生？」

斜め後ろから声をかけられて、正信はぎょっとして猫のようにぴょんと飛《と》び退《の》いた。

立っていたのはまさに鈴木その人だった。デニムにカジュアルなジャケットを羽織ったラフなスタイルだが、スーツ姿の正信よりもずっと夜の店に馴染《なじ》んで見えた。

いつも飄々《ひょうひょう》としているその顔に、珍しく驚いたような表情が浮かんでいる。

「こんなところで音ノ瀬先生に会うなんて、びっくりだな」

「あ、あの、先日は、お邪魔しました」

「こちらこそ、お茶をありがとうございました。かえって気を遣わせちゃったっすね」

「いえ……」

スーツの中を冷や汗が伝う。うわぁ、どうしようこの状況。今すぐダッシュで逃げ出したい！と思ったが、

「もう帰っちゃうの？」

無邪気な茶色の瞳に見つめられ、名残惜《なごりお》しげに訊ねられるとなんだか胸の奥がそわそわして、

それと同時に当初の目的を思い出した。

「……帰ろうと思ったんですけど、ご一緒してもよければ、もう一杯飲んでいこうかな」

「ぜひ」

嬉しげに笑う鈴木に、満更でもない気持ちになって、正信は再度カウンターのスツールに座り直した。

正信がモヒートのおかわりを頼むと、隣に座った鈴木も同じものを注文した。グラスを触れ合わせながら、鈴木は興味深げな視線を送ってくる。

「びっくりしたな。音ノ瀬先生がこっちの人だったなんて」

「僕こそ驚きました」

本当は知っていたけれど、空とぼけて返す。

「俺はこっちっていうか、老若男女誰でもイケる口だけど」

藤原が言っていた通りのことを言って、鈴木はどこか探るような視線を正信に送ってきた。

「音ノ瀬先生がこういうところで相手を探すって、意外っす」

「こういうところ以外、どこで探したらいいんですか?」

ちょっと茶目っ気をこめて問い返す。驚きが一段落してくれれば、昼間の仕事では建前と社交辞令で鎧《よろ》っている身にとって、この手の空々しい演技はお手の物だった。

鈴木はあははと笑うと、グラスの中身を一気に空にして、正信の方に顔を寄せてきた。間近で瞳を見つめられて、知らず心拍数が上がる。

「よかったら、いただいたお茶をうちで一緒に飲みませんか？」

心臓に何かが沁《し》みたみたいにきゅうっとなる。

思いがけないほどすんなり誘われて、正信の自尊心はあっという間に満たされた。なんだ、別に自分が劣っていたから迫られなかったわけじゃなかった。この間だってそういうつもりでお持ち帰りされたのに、急にアイデアが降ってきて、食われ損ねただけのことに違いない。

いや、断じて食われたかったわけではないし、今も食べられるつもりはないが、誘ってもらったことで溜飲が下がった。

当初の予定通り「なんちゃって」と種明かしをしようとしたが、鈴木はすでに席を立ち、会計を済ませようとしている。

「あ、払います」

慌てて足元の鞄《かばん》を拾い駆け寄ると、鈴木は「いいっすよ」と笑って、ごく自然な動作で正信の背中に手を回し、店の外へと促した。

夕立か、梅雨の走りか、表は湿っぽくひんやりとして、雨が降り始めていた。

「濡れちゃうね」

鈴木は自分のジャケットの前を広げ、その内側に正信を囲い込むように抱き寄せてきた。

「わ……っ」

思わず変な声が出てしまう。大方のアラサー男子はそうだと思うが、正信ももちろんこんなポジションに収まった経験がない。鈴木の上背と自分の小柄さを思い知らされ、自分が頼りない生き物になったようなそわそわ感に、心臓が口から飛び出しそうになる。

動揺しすぎて「さっきのは冗談です」と言い出せないままその懐《ふところ》に抱かれて舗道をワンブロック歩く。信号のところで空車のタクシーを見つけると、鈴木はそれを止め、正信を中へと促した。

どうしよう。早く言わないと、どんどん言い出せなくなる。

焦る正信とは裏腹に、鈴木は鼻歌を歌いながら、シートの上で正信の左手の指をもてあそんでいる。

こんなふうに人に触れられるのは初めてで、どうしていいのかわからない。

前に映画館で手を貸してくれたときにも思ったけれど、鈴木は手が大きくて、指先は吸盤みたいにちょっと丸っこい。正信よりも体温が高めなその手にすべすべと触られると、手だけではなくて身体中を触られているような、なんともいえない落ち着かない気分になってくる。

やばい。完全に一夜のアバンチュールなムードになってしまっている。

考えれば考えるほど、ここで「冗談です」なんて言うのは失礼な気がしてくる。畑違いとはいえ、相手は創作畑の先輩で、売れっ子で、正信が自尊心を満たすために誘いをかけて「なんちゃってー」などと言っていい人物ではない。なぜ最初にそのことを考えなかったのかと、自分のバカさ加減に呆れ果てる。

アパートに着くと、ナナがおっとりと迎えに出てきた。

「あ、ナナ」

第三者の出現にほっと救われた気分になって抱き上げようとすると、鈴木が片手でナナをひょいと持ち上げ、鼻の頭にキスをした。

「ただいま」

それからソファの上にふわっとおろす。

「一時間だけ待っててね」

ナナに言い置いて、そのまま右側のドアを開ける。そう広くはない寝室は、ダブルサイズのベッドでほぼ占領されていた。

「スーツを脱がせるのって、ぞくぞくするなぁ」

楽しそうに言って、鈴木は正信の上着を肩からするっと落とす。それからネクタイの結び目に指をかけてきた。

もはや拒めない、と正信は思った。

いや、普通はそうは思わないだろう。嫌なら死に物狂いで逃げ出すはずだ。

だが外面を気にし、人前で自分を取り繕うことに長《た》けた正信は、ここで自分が恥をかくことも、鈴木に恥をかかせることも、あってはならないと思ってしまったのだ。

もちろん、相手によっては正信だって死に物狂いで逃げたと思う。そもそもそんな相手なら、冗談でもこんな計画を思い立ったりはしなかった。

鈴木は完全に遊びのつもりなのだから、ここは経験と思って、身を委ねておけばいいんじゃないのか。

そう、経験。

正直なところ、正信は女性とも最後までしたことがなかった。交際経験は何度かある。だが、無駄に高いプライドのせいで失敗を極度に恐れ、そこに至ることを避けてきた。そのせいで交際はいつも自然消滅で終わってしまった。

女性経験もないのに男となんてとんでもない、と思いそうなものだが、逆に女性経験がないからこそ抵抗をそれほど感じないのだろうかと、自分の心理を分析する。

そうこうする間にも、ワイシャツのボタンを外され、気付けばアンダーシャツ一枚になっていた。鈴木はあまりにも手馴《てな》れていて、安心するような、逆に恐ろしいような、なぜか腹立たしいような、一言では表現できない様々な感覚が胸の中でせめぎ合う。

「俺のアンテナは、音ノ瀬先生はこういうことには潔癖なタイプだっていってたのに、まさかそっちから誘ってくれるなんてね」

楽しげにそう言うと、鈴木は正信をベッドのふちに座らせ、今度はベルトに手をかける。

「あの、自分で……」

「こういうのは、脱がせるのが楽しいんでしょ」

鈴木は鼻歌を歌いながらベルトを外し、正信の肩をとんと押してベッドに倒すと、スラックスを一気に引き抜いた。

うわぁ……と焦る。焦るのだが、女性に触れるときよりは不思議と落ち着いてる。

少なくともここで自分は、ちゃんと勃《た》つかとか、正しい位置に挿入できるかとか、相手を満足させる腰使いができるかとか、そういうことに必死にならなくてもいいはずだ。女体の神秘はよくわからないが、同性の快感ポイントなら自分と大差ないだろう。お互い手コキでいかせ合うくらいのことは、自分にだって不可能ではないはずだ。

鈴木はジャケットを脱いで、正信に覆いかぶさってきた。

のほほんと人懐《ひとなつ》こい表情は今日も変わらないが、瞳には捕食者の色がチラリとよぎる。

こんなに男っぽい顔だったっけ？　と見惚れていると、鈴木の顔が徐々に近づいてくる。

キスされるのかと思って反射的に目を閉じたが、鈴木の唇が到達したのは、正信の首の横の部分だった。

軽く甘嚙みされて、唇で吸われると、背筋にゾクゾクと電流が走った。

「あっ……」

知らず甲高い声をあげてしまい、自分でギョッとする。

「いい声で啼《な》くっすね」

鈴木は正信の首から耳の下のラインに舌を這わせながら、扇情的な手つきで脇腹を撫で上げてくる。

今まで感じたことのない感覚にあっという間に全身の神経がざわざわし始める。

なにこれ。ヤバい。自分がそんな場所で感じるなんて、全然知らなかった。

抜きっこして終わり、などと男の身体の生理を単純に考えていた正信は、そのどこかからなにかが溢れ出すような感覚に焦る。大きな手のひらで身体を撫で回され、耳元に熱い息をかけられて、まるで自分が女の子に作り替えられていくような錯覚を覚える。

アンダーシャツの上からするすると身体を撫でていた手が、正信の下半身の隆起の上で止まる。

下着越しにそこをいじられて、正信はベッドの上でビクンビクンと身をのけぞらせた。

「ん……っ」

「音ノ瀬先生、超敏感」

うわ、どうしよう。

恥ずかしくて顔を見られたくないので、正信は鈴木の首に両手を絡めて引き寄せ、肩口に顔を埋《うず》めた。

「いいね。積極的な人って好きだな」

その仕草に煽《あお》られたように、鈴木の手が下着の中に侵入してくる。

直接触られたら、全身の血液がすべてそこに集まっていく感じがして、頭がくらくらした。今まで人の手でされたことが一度もないので、その快感の大きさに、思わずあられもない声がこぼれる。

「ああ……ん」

「えっろいなぁ、音ノ瀬先生。スーツの下に、こんなエッチな身体を隠してたなんて」

エッチな身体……。未経験なのにそんな形容をされて、喜ぶべきか恥じ入るべきかわからない。

「あ、あ……、待って、ヤバい……」

刺激に不慣れな身体では、手馴れた愛撫にあらがうすべもなかった。いかせ合うどころか、一方的に一瞬で頂点を極めてしまった。

「めっちゃ感度いいですね」

「す、すみません、今度は僕が」

正信が言うと、鈴木はふっと笑って、正信の身体をうつ伏せにひっくり返した。

「俺はこっちがいいなぁ」

歌うように言って、正信のもので滑った指先を、ためらいもなくうしろの割れ目に滑り込ませてくる。

「ひっ……」

うろたえてずり上がろうとすると、鈴木の大きな手で腰を掴まれ、やすやすと引き戻されてしまった。

「音ノ瀬先生、腰細いよね。いつもはどんな体位でするの？　やっぱうしろからが楽？　それとも自分で乗っかる方がいい？」

いやいや、いつもなにも、そんな経験ないですからっ！

そこは無理、と言うより先に、指先がかすかに侵入の兆しをみせる。

「あ……」

いや、無理無理無理無理だから！

パニクりすぎて声が出ず、もはや背後の鈴木を蹴っ飛ばして逃げ出そうと決意したとき、鈴木が突然動きを止めた。

「音ノ瀬先生、もしかしてうしろ初めてですか?」

鈴木が怪訝《けげん》そうに訊ねてくる。

気付いてくれたか！　と正信は脳貧血を起こしそうな勢いでがくがく頷いてみせた。

いや、まてよ。一部の男の中にはいまだ処女信仰が残っているというじゃないか。男相手でもそういう思考の人間がいないとは限らない。

もしかして今のは、火に油を注いだのでは……?

正信の怯えとは裏腹に、鈴木はあっさりと身体を離した。

「あぶないあぶない。危うくやっちゃうところだったじゃないっすか」

火に油どころか、鈴木はむしろ引き気味の反応だった。

「どうも様子がおかしいなと思ったら、初めてだったなんて。なんで遊び慣れてるふりなんかするんですか?」

自分が性的に未経験であることをありえない非常識のように責められた気がして、正信は身を起こして気まずく下着を引っぱり上げながら言い返した。

「……初めてじゃいけないんですか」

正信と向かい合うようにベッドの上に胡坐《あぐら》をかいた鈴木は「んー」と考える顔になる。

「いけないわけじゃないけど、音ノ瀬先生はお遊びのつもりだと思ったから、こっちもそれに乗っからせてもらったのに、いきなり初めてとかフェイントすぎて動揺するじゃないっすか。俺、基本初めての人とはしないことにしてるし」

正信はベッドの上に正座したまま固まった。

うしろでやるなんて絶対無理だと思っていたのに、こっちが拒むより先に相手に拒まれ、正信のややこしいプライドはざっくり傷ついていた。

面倒くさいと思われた。未経験だから。

結局、いつもそうだ。いつだって望むような自分にはなれない。

「うっ……」

気がついたら、涙腺が崩壊していた。

「うわ――――ん！」

まるでマンガの擬音のような鳴き声をあげて、号泣していた。

「音ノ瀬先生？」

鈴木がぎょっとしたように目を丸くする。

「どっ、どうせ、小宮山さんや藤原先生のことは誘っても、僕みたいなちんちくりんには自分から声をかける気になりませんよねっ！」

「え、なに？　どうしたの？」

いったん後ろにのけぞった鈴木は、今度は前のめりになって、正信の方に這いよってきた。事態が呑み込めないようで、心配そうに正信の顔を覗き込んでくる。

「僕なんて、どうせ犬や馬以下だし」

「いや、あの、音ノ瀬先生？　落ち着いて？」

「この前、映画館で会ったときだって、本当は呆れてたんでしょう？　直前に髑髏王子《どくろおうじ》を見下したようなコメントをしておきながら、本当は大好きで、いそいそと観に行ったりして」

「髑髏王子、好きなの？」

「好きです。にゃんスクの次くらいにっ！」

「え、にゃんスクそんなに気に入ってくれてるの？」

「……僕、言いましたよね、最初にお会いしたときにも」

「あー、なんかいろいろ褒《ほ》めてくれたけど、めっちゃ社交辞令感あったから」

言われてみれば確かに、あのときは自意識過剰をこじらせすぎて、むしろ社交辞令に聞こえるように言った気がする。おおらかで、そういうことに鈍感そうな鈴木にすら、それは伝わっていたらしい。

正信は次々こぼれてくる涙を手の甲で拭《ぬぐ》いながら、しゃくりあげの合間に言った。

「にゃんスクは、この世でっ、いちばんっ、好きなっ、マンガですっ」

「マジで?」

目を丸くする鈴木に、正信はやけくそ気味にガクガク頷いた。

「好きです。大好きで、全巻初版で持ってるし、アニメのブルーレイボックスも持ってます」

「うわぁ」

「鈴木先生に初めてお会いした日、にゃんスクの最新刊をフラゲしてて、ホントはサイン……サインを、おねだりしたかったのに……」

感情が複雑にねじくれて、結局サインを頼めなかったあの日のことを思い出したら、バカな自分にますます腹が立って、悔し涙が溢れてくる。

鈴木は驚いたような困ったような笑顔で、さっきの淫靡《いんび》な手つきとは全然違うやさしい仕草で正信の頭をよしよしと撫でてくれる。

「そんな嬉しいこと、あの場で言ってくれたらよかったのに」

「だって、たくさんのファンの中の一人って思われたくなかったから……対等に、対等な、対等のっ……」

「対等の対等による対等のための対等?」

いきなりこんな面倒くさいヒステリーを起こされても、飄々と茶化してくる余裕のある鈴木の前で、正信は少し気持ちが楽になる。なにこいつ気持ち悪いと思われて、どん引かれても仕方がない状況なのに。

ドアの外で、かすかにカリカリと音がした。鈴木が立ち上がってドアを開けると、ナナがするりと入ってきた。

「ほら、先生が泣いてるから、ナナが心配してますよ」

園児でもなだめるように言って、鈴木はナナを抱き上げ、ベッドにのせる。遠慮なく膝にのぼってきたナナの毛並みのやわらかさに和む。

正信が洟《はな》を啜っていると、鈴木はベッドヘッドからティッシュの箱を取って、正信の隣に座り直した。

「ほら、かわいい顔が台無しだから、鼻かもうね？」

肩を抱かれ、ティッシュで鼻を押さえられ、まさに園児のようにチーンとさせられる。成人男性にあるまじき甘やかされ方に、さすがに我に返り涙も落ち着いてくる。

「音ノ瀬先生は見た目と違って、いろいろ繊細な人っすね」

「……すみません」

「なんで謝るの？　意外性って好きですよ」

「意外性なんて……。僕は超がつくほど凡庸《ぼんよう》な人間です」

「え、どのへんが？」

「どのへんって……」

見ればわかるだろうと思いながら、正信はやけっぱちで心情を吐露した。

学生時代に憧れた趣味のいい友人のこと。元担当のマニアックな指導にうまく応《こた》えられなかったこと。読書や映画の趣味もすこぶる凡庸なこと。なによりも凡庸な会社員であること。そして自分に魅力がないから、オールラウンダーの鈴木に手を出してもらえなかったんじゃないかと傷ついていたこと。

片手をさりげなく正信の背中にあてがい、もう一方の手で正信の膝の上のナナにちょっかいを出しながら聞いていた鈴木は、しまいにはとうとう笑い出した。

「その話のどこをとっても、凡庸どころかむしろ非凡さが際立つけどなぁ」

「どうしてですか」

「だって普通そんなややこしいこと考えないでしょう？　ベストセラーに感動できるなんて幸せなことだし、ゲイでもないのに……ないですよね？」

「……ないつもりです」

「うん。それなのに、男に口説かれなかったことを悔しがるとか、普通の感性じゃないですよ。なんか考えれば考えるほどじわる」

笑いを噛み殺す鈴木に反論しようとしたが、口から出てきたのは威勢のいいくしゃみだった。

気付けば身体が冷え始めている。

床からワイシャツを拾って着ようとすると、鈴木に「待って」と止められた。

「ワイシャツなんて窮屈でしょう」

作り付けのクロゼットを開けると、ビニール袋に入った状態のトレーナを引っ張り出して、封を破く。グレーのトレーナーの胸元にはにゃんスクのキャラクターがプリントされていた。

「ノベルティの見本、いっぱいもらったからあげる」

またまた園児扱いで、手ずから着せてくれる。それは以前、正信が応募して外れた景品だった。

「……いただいちゃっていいんですか？」

「もちろん。あ、よかったらサインもつけるっすよ？」

鈴木はジャケットのポケットからマーカーを取り出して、トレーナーの裾にサインを入れてくれた。

「……ありがとうございます」

情緒不安定で再び泣きそうになる正信の頭を、鈴木がまたよしよしと撫でてくれる。

「とりあえず隣の部屋で、お茶でも飲みませんか？」

促され、リビングのソファに移動して、鈴木が淹れてくれたお茶をご馳走になる。

マグカップの取っ手を摑む鈴木の関節の張った指にふと目が行き、さっきあの指であんな場所をいじられたり、いかされたりしたんだと思うと、なんとも気まずい思いがした。

だが百戦錬磨《ひゃくせんれんま》の鈴木はなにごともなかったような顔で、のどかにお茶を飲んでいる。

「先生にいただいたお茶、おいしいですね」

「……よかったです」

「俺ね、コーヒーは濃いめがいいんだけど、紅茶は薄めが好きなので、ティーバッグひとつで二人分でちょうどいいなっていつも思うんですよね」

「あ、僕もストレートで飲むときはそうです」

ささやかな好みの一致をみたところで、鈴木は「そういえば」と思い出したように言う。

「さっき言ってたマニアックな前の担当って誰ですか？」

「もう文芸にはいらっしゃらないんです。他部署に異動になって」

鈴木は意を得たりという表情になる。

「あー。ね、つまりそういうことでしょ？」

「……そういうこと？」

「先生がその担当さんの要望に応えられなかったわけじゃなくて、向こうの感性が文芸編集部に適さなかったってことですよ。多くの人に支持されているものを理解しようとしない時点で、向いてないです」

相手に問題があるという発想がなかったので、驚いた。

「いや、でも僕の平凡なところを丁寧に指摘してくれて、大衆に媚《こ》びちゃだめだって……」

「それで座談会のとき、荒ぶってたんですか？」

からかい顔で指摘され、顔から火を噴きそうになる。

「あれは……すみません、酔っていたとはいえ、鈴木先生にも藤原先生にもすごく失礼なことを……」

「ぜーんぜん。でも、急にどうしたって感じで面白かったっす」

正信はかっかと火照る頬を押さえて俯いた。

「……僕は子供の頃から、自分の平凡さに、すごくコンプレックスを持ってて……。それでつい、見下されまいと尖《とが》った言動をしてしまうことがあって……」

思えば作風にもそういうものが滲《にじ》み出《で》てしまっているのかもしれない。

「平凡だとはまったく思わないけどなぁ。でも育つ過程で沁みついたコンプレックスみたいなものって、誰でもありますよね」

「……鈴木先生にも？」

「もちろん。俺ね、ちっちゃいときに親が離婚してて」

そこを聞いただけで申し訳ない気分になる。そういう話に比べたら、正信が勝手に抱いている劣等感など些末な話である。

「あ、別に悲惨な話じゃないから怯えなくても大丈夫っすよ」

正信の表情を見て、鈴木は笑ってみせる。

「俺は父親に引き取られたんですけど、めちゃくちゃかわいがられたし、まあまあ裕福で、つらい思いをしたことはなかったんです」

「それはよかったです」

「ただ、女性関係が派手な人で、しょっちゅう女の人が出入りしてて、父親が仕事で家を空けることが多かったので、俺はその女の人たちに育てられたって感じで」

もしかして親の交際相手に虐待を受けたとかそういう流れかと再び正信は身を硬くしたが、鈴木はへらへらと言った。

「みんないい人で、俺の初めての相手も、父親の恋人でした」

「……は？」

「そういうことの作法とか、コンドームの使い方とか、手取り足取り教えてくれて。ノエルさん、今も元気かなぁ」

楽しげに童貞喪失相手に想いを馳せ始めた鈴木に、正信は啞然とした。

「それって……おいくつのときですか？」

「んー、三十八だったかな」

「いえ、あの、鈴木先生が」

「俺は十四くらい？」

あまりのことに開いた口がふさがらない。

「……犯罪じゃないでしょうか、それは」

「うーん、厳密にいえばそうなるのかな？」

いや、厳密どころかどれほどゆるゆるにいってもそうだろう。

「でも俺はそうは思わなかったし、今も感謝の気持ちしかないっすよ。まあそんなこんなで、みんな親切にしてくれたし、実際、俺も父親の留守中は彼女たちの世話になっていたわけで、気に入ってもらうために口説きまくってました」

「口説くって……」

「いや、肩たたきをしたり、料理を手伝ったり、子供らしいお手伝いもしてはみたけど、それよりも甘えたり口説いたりする方が、喜ぶんですよね、女性って」

まあ確かに、このイケメンの少年時代を想像すると、無邪気に懐《なつ》かれて悪い気のする女性はいないだろう。

「その癖が抜けなくて、今も誰彼構わず口説くのが挨拶代わりみたくなっちゃって」

鈴木は無邪気に微笑む。

「……僕は口説かれませんでしたけど」

思わず僻《ひが》みがぼろっと口をついて出る。

鈴木はお茶を飲みながら相変わらず飄々と言う。

「誰彼構わずって言ったけど、一応基準はあって、そういうおふざけがＯＫな相手とＮＧな相手をちゃんと見分けてるつもりです。音ノ瀬先生はおふざけＮＧだって俺のカンが言ってて、今思えばやっぱ当初のカンは正しかったんすね」

うんうんと自分に納得してみせる鈴木の前で、正信は気まずさといじけ気分で目を伏せる。

「……すみません。冗談が通じない男で」

「いやいや、こちらこそ知らないうちに傷つけちゃったみたいで。これからは音ノ瀬先生のことも積極的に口説いていきますね」

「いや、もうお気遣いなく」

「任せてください」

鈴木は目を輝かせてにこにこしている。

なんだこれ。会話が嚙み合ってないんだけど。

「ところで。これ、言おうか黙ってようか迷ってたんですけど」

鈴木がふと真顔に戻って言う。

「なんですか？」

「実はこのあいだ先生がうちに泊まった日にね、窮屈そうだったから上着を脱がせたら、手帳がポケットから滑り落ちて。チラッと中身を見ちゃったんすよね」

「え……」

まさかあの恥ずかしい手帳を？　なにか鈴木のことも書いていた記憶がある。ヤバい。どうしよう。

青ざめる正信の前で、鈴木は目を輝かせる。

「すっげえ面白くて、ついつい読《よ》み耽《ふけ》っちゃいました。あのほら、電車の中でおばさんたちが恵方巻のことを、若い頃には関東にはなかった風習で、スーパーとコンビニが商魂たくましく作り上げた行事だって息巻いてたっていう話、それを言い出したら、お正月もクリスマスも人類の創成期にはなかっただろうっていう音ノ瀬先生のツッコミ、その通りですよね」

そんなくだらないことを書いていたのかと、恥ずかしくて変な汗が出てくる。

「『敷居が高い』の誤用の話もなるほどって思いました。本当に言葉とか風習とかの変化に対する人の反応って面白いですよね。変化を許せない人たちって、正論を言ってるつもりで結局単なる主観って場合も多いですよね。自分が生まれる前に変化が完了しているものに関しては寛容で、自分の人生の途中で変化したものは許せないっていう」

「ああ、確かに」

「あとほら、ら抜き言葉に目くじら立てるやつは、浴衣《ゆかた》やデニムをおしゃれ着にするんじゃねえ！　っていうツッコミも笑いましたよ。確かに、浴衣は沐浴のときに着たものだし、デニムは鉱山労働者の作業着っすよね。言葉の変化はダメなのに、そっちの変遷《へんせん》は許せるのかよって」

「いや、あの、くだらないことばっか書いてて、恥ずかしいです」

「いちばん笑ったのは、藤原壮介《そうすけ》がウンコ踏みますように！　かな」

ケロッと落とされた爆弾に、身体中の毛穴から汗が噴き出す。

「す……すみませんっ！　あれは……」

うろたえまくる正信を見て、鈴木はいたずらっ子のように目を三日月形にしてしれっと続ける。

「あと、いけ好かないイケメンでごめんね？」

「…………!!」

「でも、俺と壮ちゃんは別に売れっ子同士だから仲いいわけじゃないし、音ノ瀬先生を笑いものにしたことなんて一度もないっすよ？」

「すすすすみません！　あれは僕の勝手な僻みで、被害妄想で……」

正信の動揺っぷりに、鈴木はやさしい笑みを浮かべる。

「先生、本当に真面目で人がいいよね。むしろ俺が勝手に手帳を見たことを怒ってもいいのに」

そうか、言われてみればその通りだ。心の声を覗き見た方が悪い。

「先生が思ってるみたいな、言葉の成り立ちやルールに関する疑問って、俺も子供の頃よく感じたっすよ。まず文字の表記からして、どうして『あ』を『あ』って書くのかなとか。『Σ』って書いて『あ』って読んでもよくね？　みたいな」

しかし鈴木にそう言われると、怒るどころか思わず共感してしまう。

「それ、僕も思いました！　それで小学生の頃、自分で五十音に該当する文字を勝手に作り出して、その字で暗号みたいな日記を書いたりして」

「あ、やったやった、それ」

「本当ですか？　そんなことしてたの、僕だけかと思ってた」

「俺も」

鈴木は無邪気な笑みを浮かべる。

「最近忘れてたわ、その感覚。昔は単語を勝手に作ったりもしてたのに」

「してたしてた」

「またやろうか。たとえば、紅茶のことを今日からコーヒーと呼ぶとか」

大真面目な顔で言われて、正信は思わず笑ってしまう。

「それはややこしすぎる」

「じゃあ『愛してる』のことを『ティーバッグひとつで二人分』って言うとか」

「脈絡ないですね」

「ナナのことを来冬《らいと》って呼ぶとか」

正信は紅茶にむせそうになった。

「かっこいいっすよね、音ノ瀬来冬って。本名ですか？」

無邪気に訊かれて、正信は決まり悪くなって目を伏せた。

「いえ、あの、ペンネームです。なんでこんなキラキラネームにしたんだろうって、後悔してるんですけど、本名があまりにも昭和な感じで凡庸なので、その反動でつい……」

常に劣等感とプライドの間で揺れている正信はついぼそぼそと言い訳をしてしまったが、ふと鈴木の名前も昭和系だということを思い出す。

「鈴木先生みたいに才能豊かでかっこよくて魅力的だったら、ご本名のままでも充分素敵だなって思うんですけど」

「いや、鈴木一太郎《いちたろう》はペンネームっすよ？」

「え、そうなんですか？」

「うん。本名は来栖《くるす》流星《りゅうせい》っていうんです」

驚くべきキラキラネームに今度こそ紅茶にむせ返ってしまう。

「す、すごいかっこいいですね。その名前でデビューしようとは思わなかったんですか?」

鈴木は自分の横にあったティッシュを引き抜くと、ローテーブル越しに身を乗り出して、正信の顎《あご》に垂れた紅茶をごく自然な仕草で拭《ふ》き取《と》ってくれた。先ほど鼻をかんでくれたときといい、どうしてこういろいろと手馴れているのかと、つい赤面してしまう。

動揺する正信とは裏腹に、鈴木はいつもの飄々とした様子で正信の質問に答える。

「うち、父親が結構な有名人だし顔も似てるから、本名のままだと面倒くさいことになるかなって思って」

「……まさかお父さんって、写真家の来栖慎之介《しんのすけ》さんですか?」

「そうそう」

正信は目を瞠《みは》った。来栖慎之介といえば、日本で知らない人間はいないというくらいの有名写真家である。猫と女性しか撮らないというこだわりを持っていて、確かに鈴木の言う通り、女性関係が派手なことでも有名だった。

鈴木の大ファンだというのに、そんなことはまったく知らなかった。

「すみません、存じ上げなくて」

恐縮する正信を、鈴木は軽く笑い飛ばす。

「存じ上げられてたら怖いよ。誰にも言ったことないのに」

え、そんな重大な秘密を、話の流れとはいえ俺だけに教えてくれちゃったの？　とどきどきする。

「そういうの面倒くさいじゃん？　案の定、壮ちゃんもそれで結構しんどい目にあってるみたいだしさ」

凡人の正信から見たら、藤原の出自はアドバンテージに思えて羨《うらや》ましいが、恵まれているように見える人にもいろいろ悩みがあるんだなと改めて知る。

「音ノ瀬先生の本名はなんていうの？」

無邪気に訊かれて、正信はもそもそと答えた。

「……木村《きむら》正信です」

鈴木はパッと表情を輝かせる。

「正信くんかぁ。じゃあ、まーくんって呼んでもいい？」

言うことなすことといちいち唐突で動揺するが、藤原が「壮ちゃん」と呼ばれているのがひそかに羨ましかったので、悪い気はしない。

「……光栄です」

「じゃあ、まーくん、あのね、俺、あの愉快な手帳を見せてもらったとき、いっこだけ引っかかったことがあるんだけど」

チラッと見ちゃったどころか、隅から隅まで熟読してるじゃねえかよと思いながらも、なぜか鈴木相手には怒ることができず、「なんですか？」と恐る恐る訊ねる。

鈴木は得意のからかい顔ではなく、ちょっと真面目な顔で言った。

「『自分のこだわりを貫き通すべきか、売れるものを書くべきか』って書いてましたよね？」

悪口系の部分ではなく、比較的真面目な創作系のことでよかったと胸を撫で下ろす。

「そうですね。恥ずかしい話ですけど、今の路線だともう部数も頭打ちっていうか、むしろ下がる一方で。小宮山さんからも、もっと万人受けするものを書くようにって、アドバイスされてるんですけど」

「でもその二択っておかしくないっすか？　売れるものを書こう！　って思って書けるなら、全員そうしてますよね」

「それは……」

言われてみれば、まあそうだ。いや、言われなくたってそれくらいわかっているつもりだった。

だが正信は、自分の凡庸さに劣等感があるがゆえに、売れるものを書くとはつまり大衆に媚びて自分を捨てるというようなイメージを抱いてしまい、そんな尊大な表現になってしまったのだと思う。

いや、表現だけの問題か?

そうじゃない。売れたいけど売れない自分のプライドをなんとか守ろうと、商業的な成功と才能は別物だと思い込もうとしていたのだ。

鈴木はテーブルの上に両肘をついて指を組み、正信の方に軽く身を乗り出しながら、真摯《しんし》な表情で言った。

「旭さんは、全員に画一的なものを書かせるような編集者じゃないから、まーくんの個性やこだわりを捨てろって言ってるわけじゃないと思うな。ただ、そのこだわりは本当に正しいのかって言いたかっただけじゃないっすか?」

鈴木の指摘で、いろいろなことが、すとんと腑《ふ》に落ちた。

そうだ。きっとそういうこと。正信が個性だと思おうとしている路線が、実は凡庸で、自分では平凡だと思っている方向が実は個性だとしたら?

マニアックなものにはハマれなくて、王道好きの自分。でもその平凡さが強みという可能性。

ずっと行き詰まっていたプロットの展開が、急にぱぁっと視界が開けたように目の前に広がる。

平凡だと思われたくなくて奇をてらうことばかり考えていたけれど、そういう自意識を抜きにして、自分が書いていて楽しい方向はそっちじゃない。

ありきたりで、今まで何度も書かれてきた物語かもしれないけれど、自分も書いてみたいと思うものが確かにある。

「ところでまーくん」

鈴木はいきなり立ち上がると、正信の方に回り込んできて、肩がつくくらいの近距離に座る。

ソファの座面がたわんで、ウエイトの軽い正信は思わず鈴木の方によろっと傾《かし》いでしまう。

息がかかるほど間近で、鈴木はにこっと微笑む。

「いろいろ話してまーくんのこともひと通り理解したので、続き、どうっすか？」

「続き？」

「未経験者は初めてだけど、まーくんがＯＫならありがたくいただくっすよ？」

とんでも発言とともにほっぺに軽くキスされて、正信は「ビャッ！」と自分でもびっくりするような奇声をあげて、ソファから立ち上がっていた。

「すっ、すみません、小説のアイデアを思いついたので失礼しますっ！」

そのまま踵《きびす》を返して、玄関に向かう。

「まーくん、待って！」

「いえ、本当にお気遣いなく」

「じゃなくて、服とかいろいろ忘れてるよ？」

そう言われて、寝室にワイシャツや上着を脱ぎ散らかしてきたことを思い出し、赤面する。

あれこれ回収して再び逃げるように玄関に向かう正信を、鈴木は胸に抱えたナナの前肢を振ってみせながら「またねー」と呑気に送り出してくれた。

引き留められなかったことにちょっと拍子抜けする。まあそれはそうだろう。自分のような面倒くさいやつをわざわざ追いかけてまで、どうこうしたいと思うはずもない。さっきのはリップサービスだろう。二重の意味で……と、キスされた頬を押さえる。

安堵と、なんだかよくわらないかすかな落胆に包まれながら、正信は駅まで走った。

妙に身体が軽く感じて、そういえばさっき体液を放出したから……？　などと馬鹿なことを考えてあわあわとなる。そこから考えを逸らそうとプロットのことを考えると、ふわっと頭の中で何かが膨張する感じがした。

小説のアイデアを思い付いたというのは、辞去する言い訳ではなかった。普通でいいなら、書きたいことはいくらでも浮かんできた。

こうも何かが書きたくて気持ちが逸《はや》るのはいつぶりだろう？　固く閉まっていた蛇口が開いたみたいに、アイデアがいくらでも流れ出してくる。

こんな月並みなストーリーはダメですと、小宮山に却下されるかもしれないけれど、結果などどうでもよくて、とにかく書きたかった。

いとも容易《たやす》く蛇口を開けてくれたのは鈴木だった。

鈴木の表情を思い出すと、鼓動がどんどん前のめりになる。基本、夏休みの少年みたいなのほほんとした表情の男だが、今日はいろいろな顔を見た。遊び慣れた男の顔、珍しく焦った顔、面倒見のいい大人の顔、それからちょっと真面目な顔。

そして自分が鈴木の前で披露した醜態の数々を思い出すと、恥ずかしさのあまり違う意味で心拍数が上がり、正信は邪念を振り払うように駅へと向かう足を速めた。

4

五分ほど無言で原稿に目を通していた小宮山《こみやま》は、パッと顔を上げるとメガネの奥の目をキラキラと輝かせた。

「いいですね！　すごいです。めちゃくちゃ面白くなりそうな感じがします」

今日は先延ばしになっていたプロットの打ち合わせで、もちろんプロットの変更案も持ってきたが、書きたい気持ちが逸《はや》って、小説の冒頭を書き始めてしまい、その部分のプリントアウトも持参してみたところ、小宮山はその場ですぐに目を通してくれた。

「すみません、まだプロットのＯＫもいただいていないのに」

「いえいえ、気分が乗って書かれているのが伝わってきます。このまま書き進めちゃってください！」

自分が書きたいと思って書いたものを編集者に共感してもらうのが初めての経験だったので、こんなにすんなりいっていいのかと心配になってくる。

「あの、少し展開がありきたりではないですか？」

「そこは問題じゃないと思います。複数の作家さんに同じ設定で書いていただいても、書き手によってまったく別のものになるいい例だと思いますよ」

「本当に？　平凡すぎません？」

小宮山は笑顔で首を横に振る。

「確かにいつものような奇抜さはありません。でも、誰もが持っていながらうまく表現できない感情を的確に言葉に変換できる人が、作家としてはいちばん強いと僕は思っているんです。それはいい意味で万人受けするってことで、平凡とか凡庸《ぼんよう》とは違いますよ」

今になって、やっと小宮山の指示が、読者に迎合しろという意味ではなかったことがわかる。むしろ、もっと自分を素直に晒《さら》せという意味だったのだろう。

「それにしても、急に何かを摑んだ感じですね。心境の変化でもあったんですか？」

ちょっとドキッとしつつ、正信《まさのぶ》は平静を装って言った。

「鈴木《すずき》先生からちょっとアドバイスをいただいて……」

小宮山はメガネ越しに意味深げな視線を送ってくる。

「あの鈴木先生が創作の助言をするなんて、珍しいですね」

助言だけじゃなくて、あんなこともされちゃったけど……などと思い出すと顔が熱くなる。顔色の変化を小宮山に気取られまいと、正信は笑顔を取り繕って返す。

「いや、今まで散々小宮山さんにアドバイスをいただきながら、僕の呑み込みの悪さのせいでうまく理解できなくて、申し訳なかったと思っています」

「とんでもない。思った以上に素晴らしいものになりそうで、わくわくしてます」

小宮山の言葉にかぶさるように、テーブルの上の携帯が震える。多忙な小宮山は打ち合わせのときにもいつも携帯をテーブルに置いていて、印刷会社などの急ぎの連絡に応じている。だが、急用以外は「かけ直します」とひとこと応じるのみで、目の前の打ち合わせ相手を最優先にしてくれる。

ディスプレイには藤原壮介《ふじわらそうすけ》の名前が表示されていた。

小宮山は一瞬のためらいのあと、「申し訳ありません、ちょっと失礼します」と携帯を持って席を立った。

少し前なら、結局は売れるやつが大事なんだろ、などと僻《ひが》みっぽいことを考えた気がするし、今もなにも思わないわけではなかったが、それ以上に、当然のことだという気持ちがあった。売れれば正義に決まっているし、売れっ子を優先するのはあたりまえのこと。

なんでこんなふうに憑《つ》き物《もの》が落ちたみたいになったのかなと考えると、浮かぶのは鈴木の穏やかな笑顔だった。売れるとか売れないとかいう感覚を超越している鈴木の風情に、そんなことで僻んだりするのはくだらないという気がしてきた。藤原が売れているせいで正信が売れないわけではないし、藤原の人気が凋落《ちょうらく》したら正信が売れるわけでもないという当然のことに、今頃気付いたというべきか。

数分の中座ののち、小宮山は恐縮した様子で戻ってきた。

「打ち合わせ中に申し訳ありませんでした」

「いえいいえ。売れてる先生優先なのはあたりまえのことですから」

小宮山があまりにも申し訳なさそうな様子だから、フォローするつもりで冗談っぽく言ったのだが、小宮山の表情が冗談だと思っていなさそうなことに焦る。いや、正直今でも羨望《せんぼう》は抱いているから、少しは本音が出てしまったのかもしれない。

小宮山は一瞬固まってから、メガネに手をやった。

「僕は、担当している作家さんに仕事で優劣をつけるようなことはしません」

「いえ、本当に気にしないでください。作家と編集さんの関係が、生徒と教師のような関係とは違うことはわかっています。売れている先生が優遇されたとしても、それは仕事として当然のことですし」

小宮山は少し考える顔になった。

「そうかもしれません。確かに多くの利益をもたらしてくださる看板作家さんは、会社にとってはありがたい存在です。でも僕は、自分が担当している作家さん全員に成功していただきたいと願っているし、よんどころない場合を除いて、対応に差をつけるようなことはしていないつもりです」

本人がそう言う通り、小宮山は前の担当と違って、忙しいことを理由に打ち合わせの日程をずらしたり、メールの返信を滞らせたりしたことは一度もない。実に誠実な編集者だった。

「そうですよね。すみません、失礼なことを言ってしまって」

正信が謝ると、小宮山は少し焦った顔になった。

「いや、仕事では本当にそうしているつもりですが、今の電話はちょっと僕もうしろめたいところがあって……」

小宮山はひとつ咳払いをすると、テーブル越しに身を乗り出してきた。

「今のは、仕事とは関係ない電話でして」

いつもスタイリッシュな小宮山が、心なしかもじもじしているように見える。よく意味がわからなくて目顔で問うと、小宮山はメガネの位置を直しながらそっと言った。

「実は、藤原先生とは個人的におつきあいさせていただいております」

「……おつきあい？」

改まってなにごとかと首をかしげる。正信だってこうして小宮山と仕事づきあいをしているわけで……。

そこまで考えて、小宮山の頬の赤みに気付く。

あれ？　おつきあいってもしかして？

「あの……交際されているということですか？」

小宮山は真面目な顔で頷いた。

「そういうことになります」

なにそれ？　え!?

頭の中は大パニックだったが、人間は驚きすぎると表面的には無反応になるのだということを、身をもって知る。

「ちょっと先日喧嘩《けんか》をしまして、今のはその、和解の電話でした」

正信が固まっていると、小宮山は深々と頭を下げてきた。

「大事な打ち合わせ中だというのに、本当に申し訳ありませんでした」

「いや、そんな……」

正信は慌てふためく。自分を担当している編集者が、ほかの作家とプライベートで交際しているなんて、僻みっぽい正信にしてみたら相当ショックな案件のはずだ。

だが、不思議とまったくマイナス感情は湧いてこなかった。男同士であることや、まさか小宮山があの藤原と？　という驚きが、僻みを大きく凌駕《りょうが》したのかもしれない。

なにより、わざわざ言う必要のないことを、小宮山が自分などに打ち明けてくれたことへの好感度の方が高かった。

それに、言われてみればいろいろと思い当たるふしもある。特に用事もなさそうなのに、ちょくちょく編集部に姿を見せている藤原。高層階のレストランでは、小宮山の高所恐怖症を知っていてさりげなく庇っていた。

「あの、頭を上げてください」

正信は小宮山に声をかけた。

「力量に雲泥の差があるのに、仕事の面では小宮山さんが藤原先生と僕に一切差をつけていないことはよく知っています。お二人の交際になんのわだかまりも感じていませんから」

わだかまりどころか、むしろすっきりした。

「それより、僕なんかにそんなプライベートな話をしていいんですか？」

小宮山ははにかんだように微笑む。いつもは頼りがいのあるしっかり者の担当が、不思議とかわいらしく見える。

「音ノ瀬《おとのせ》先生だからお話ししたんです。以前から先生には、なんとなく仕事以外でも親しみを覚える部分があって、こんな話もご理解いただけるかな、って」

人たらしだなぁと感服する。こんなふうに胸襟《きょうきん》を開かれたら、なんでも許せるし、この人のために頑張ろうという気持ちになってしまう。敏腕編集者というのは、こういう部分も長《た》けている。

「藤原先生、かっこいいですもんね。一目惚れとかですか？」

理解があるところを見せようと、あえてやや下世話に踏み込んでみせると、小宮山が苦笑いでかぶりを振る。

「それが、ここだけの話、最初は藤原先生の才能が妬ましくて、いい感情を持てずにいたんです」

意外な告白に驚かされる。

「え、妬ましいって、小宮山さんが藤原先生を？」

小宮山は決まり悪げにメガネに手をやる。

「実は僕、かつて作家志望だったんです。デビューできずに終わった身からしたら、藤原先生のデビュー作はあまりに鮮烈でした」

「確かに『大冒険』は僕も衝撃を受けました。面白すぎて……悔しかったな」

期せずして小宮山が先に言ってくれたから、正信も初めて嫉妬を口にすることができた。

「じゃあ今度は、音ノ瀬先生が藤原先生を唸《うな》らせてください」

「いやいや、凡才の僕には到底無理です」

小宮山の目に、揺るぎない光が宿る。

「凡才なんかじゃありません。今、この業界には玉石混淆《ぎょくせきこんこう》の作家の卵を一から育てる余裕なんかない。つまり、デビューできた時点で、玉だということです」

そんなことはない、と言おうと思ったが、自分の経験を交えて語る小宮山の話には否定を許さない説得力があった。

「一緒に頑張りましょう」

小宮山は力強くそう言ってくれた。

いつものようにエレベーターの前まで見送りに来た小宮山は、ボタンを押しながらやわらかい笑みで切り出した。

「実は、プライベートなことを音ノ瀬先生にお話ししようと思ったのには、もうひとつ理由があって」

「理由？」

「先日、鈴木先生が……」

小宮山の声に合わせるようにエレベーターの扉が開き、中から当の鈴木がぴょんと飛び出してきた。

「旭《あさひ》さん！　今、まさに会いに行くところだったんですよ。今日も美人っすね！」

鈴木は日本人にあるまじき気さくさで小宮山を軽くハグしたあと、死角にいた正信に気付いて、表情を輝かせた。

「まーくん！　またここで会えるなんて偶然！」

ハグをほどいた手で、つるっと正信の尻を撫でてくる。今までそんなことをされたことはなかったので、正信は「ひっ」と飛《と》び退《の》いた。

おそらく、この間自分だけ誘われなかった、などと変な僻み方をしたから、正信にも平等にたらしの社交辞令を発揮してくれたのだろう。気を遣わせて申し訳ない気持ちになる。

小宮山に用事があるらしい鈴木の邪魔をしてはいけないと、正信はひょこっと会釈をして、エレベーターに乗り込んだ。するとなぜか鈴木もついてきて、閉ボタンを押した。

降下する箱の中で、正信は怪訝《けげん》に鈴木を見やる。

「あの、小宮山さんに用事があったんじゃないんですか？」

「うん。旭さんにまーくんの連絡先を訊こうと思って寄ったんだけど、本人に会えたから」

鈴木は携帯を取り出しながら真面目な顔で言う。

「まーくんにＬＩＮＥしようと思ったら、友達になってなかったことに気付いてびっくりしたっすよ」

「あ……そういえばそうですね」

「ね。あんなことまでさせてもらった仲なのに」

明るく微笑みかけられて、正信はじわっと赤くなった。

あれはちょっとした事故みたいなもので……。

蒸し返されるのは非常にいたたまれないが、鈴木にとっては軽く笑顔で口にできる出来事なのかと思うと、もじもじするような、ほっとするような、傷つくような、なんとも言えない気持ちになる。

連絡先の交換をしているうちに小さな密室は一階に到着していた。

「まーくん、髑髏王子《どくろおうじ》の残りのチケット、もう使っちゃった？」

気さくに訊ねてくる鈴木に、正信は首を横に振ってみせた。

「このところ忙しくて、財布に入れっぱなしです」

「ホント？　じゃあこのあと一緒に観に行かない？」

唐突な誘いに、思わずきょとんとなる。

「え、今からですか？」

「うん。忙しい？　あ、リーマンだから明日も早い？」

「それは大丈夫ですけど」

「じゃ、行こう!」

六月に入り、今日も外は湿っぽい雨降りだった。ビルの入り口の傘立てから正信が自分の傘を取ると、鈴木の手が伸びてきて傘を掴み、ぱっと差しかけてくれる。

「そんなに離れて歩いたら濡れちゃうっすよ」

鈴木は片手で傘を差しかけながら、もう一方の手で正信の肩を抱き寄せてくる。

スーツ姿の地味なサラリーマンと、『にゃんにゃん☆ハイスクール』のTシャツにパーカを羽織った鈴木が相合傘で歩いているさまは通りでも相当目立つようで、すれ違う人たちがチラチラと視線を向けてきたが、鈴木は一向に気にするふうもない。

先日あんな気まずい出来事があったことも、世間の目も、何も気にしない鈴木の性格は正信とは正反対で、やっぱり天才ってすごいなと憧《あこが》れの念を抱く。そしてそんな鈴木が、自分のような凡庸な人間と親しくしてくれるなんて、信じがたいほど嬉しいことに思えた。

鈴木に引っ張っていかれたのは、コインパーキングだった。

「今日は車で来たので、映画が終わったらまーくんちまで送っていきますよ」

鈴木の車は、真っ赤な小型のオープンカーだった。今日は雨なので、黒のルーフをかぶっている。億単位の年収がありそうなのに、愛車が国産の軽自動車というのが好感が持てる。

「かわいい車ですね」

「でしょ？　めっちゃ気に入ってるんですけど、男二人で乗るにはちょっと狭いのが難点です」

そう言う鈴木は、長い脚を持て余し気味に運転席に乗り込む。

助手席のドアを開けた正信は、その内装の有り様に目を瞠《みは》った。黒のインテリアと赤のシートは、白い油性ペンの落書きで埋め尽くされていた。

「うわ、すごい……」

「ごめんね、汚くて。なにかひらめいたら忘れないうちに描いておきたくて」

それは何度もこの目で見て知っている。薄闇で目を凝《こ》らすと、あちこちに見覚えのあるキャラクターがいる。

車が動き出すと、急にドキドキしてきた。狭い車中に二人きり。しかも肩が触れそうに距離が近い。普段の仕事では会社の人間と二人で社用車で出かけることもあるし、元々そんなことで緊張するタイプではない。だが、相手は昔から大好きな漫画家だし、今日こんな流れになるなんて予想もしていなかったし、この間はあんなことがあったし……。

あんなことの内容をつぶさに思い出しそうになったとき、鈴木の左手がすっと伸びてきて、正信は思わずびくっと身を硬くした。

鈴木はエアコンの吹き出し口の風向きを変えただけだった。

自分の挙動不審さをごまかさねばと、正信は慌てて話題を探す。

「そういえば、小宮山さんと藤原先生っておつきあいされてるそうですね」

つい直近に聞いた話を口にしてしまったが、言ったとたんになぜ今この話？　と自分ツッコミを入れる。

鈴木は横目でちらりと正信を見た。

「どこ情報っすか？」

「さっき小宮山さんご自身が教えてくれました」

「おー。素直でかわいいなぁ、旭さん」

「素直？」

「いや、このあいだ旭さんと飲みに行ったときにね、壮ちゃんとのことを冷やかしたら、でもちょっとうしろめたいんだっていう話になって」

軽快にステアリングを切りながら、鈴木は続ける。

「編集者的には担当作家のひとりと恋愛関係っていうのは、公私混同って言われても仕方がないことだなって」

実に常識的な悩みだなと思って「わかります」と正信は頷いた。鈴木は横目で意外そうに正信を見る。

「そう？　俺は全然気にしないけど。だってそんなこと言ったら、学生同士の恋愛も会社員の職場恋愛も全部、公私混同じゃないっすか?」

「そう言われればそうかもしれませんけど……」

「それよりも、関係をひた隠しにしようとするあまり、逆に二人の仲の良さを、売れてる作家をえこひいきしてるみたく受け取って傷つくナーバスな作家もいるかもしれないっすよ? って言っておいたんです」

そういえばさっき別れ際に小宮山が、藤原とのことを打ち明けようと思った理由のひとつに鈴木の名前をあげていた。詳細を聞きそびれてしまったけれど、そういうことだったのか。

……ということはつまり、自分はそういうナーバスでいじけた作家認定されてるってこと?

いや、事実だけど。

藤原がその才能ゆえ優遇されていると思うよりも、仲がいいのは恋人同士だからという方が、正信にとってはずっと気が楽だった。

自分の面倒くさい性格を鈴木に見抜かれているのは少々悔しいが、気を回してそんな助言をしてくれたことには感謝の気持ちが湧いてくる。

いい人だな、と思う。天才肌で時々突拍子もないけれど、おおらかでやさしくて面白くて。

ほわっと幸せに包まれていると、車は赤信号で停止した。そのとたん鈴木は「あ!」と大声をあげた。

「え？」

なにごとかとビクつく正信をよそに、鈴木はパーカのポケットから白い油性ペンを取り出して、ダッシュボードに絵を描き始めた。しかしダッシュボードはすでにみっしりとイラストと文字で埋まっている。鈴木は今度は黒のペンを取り出して、自分のパーカを引っ張って何か描き始めた。

その間に信号が青に変わり、後続の車からクラクションを鳴らされる。

「鈴木先生、青です、青！」

「ん」

鈴木は絵を描きながらアクセルに足を置き換える。

「ちょっ、危ないですから！」

「あ、ごめん」

我に返ってハンドルに手を置き、走り始めた鈴木だが、信号を通過すると路肩に停車し、ハザードランプを点滅させてまた絵を描き始めた。

しばらく様子を見ていたが、お絵描きは終わらず、そのうちパーカを脱いで背中の部分に続きを描き始める。交差点近くに停車しているため、追い抜いていく車も気になる。

正信は車を降りると運転席に回り込んでドアを開けた。

「僕が運転しますから、続きは助手席でお願いします」

「うん」

生返事をした鈴木は、ふと目の前の新しいキャンバスに気付いたようだ。ぐいっと正信の腰を引き寄せると、スーツの上着をばっと開き、ワイシャツに油性ペンで絵を描き始めた。

「うわっ、ちょっと、先生ってば！」

いきなり抱き寄せられたり、上着をはだけられたりしてうろたえる正信とは対照的に、

「うん」

鈴木は返事はするものの、目は完全に別の世界に行ってしまっている。

正信はちょっと考えてから、スーツの上着を脱ぎ、ネクタイを引き抜いて、ワイシャツも脱いで鈴木に渡した。それから鈴木を運転席から引っ張り降ろして、助手席に乗せ直す。その間、鈴木はずっと正信のワイシャツに絵を描き続けている。

正信はアンダーシャツ一枚で運転席に座り、シートの位置を調節しながら思わず笑ってしまった。

天才ってすごいなと思う。自分はこんなふうにアイデアや物語が降りてくる経験をしたことがない。

もはや鈴木は隣に正信がいることも忘れた様子で、どこかの時空をさまよっている。身体中からキラキラしたオーラが放出されているように見えた。

誘っておきながら放置かよと腹が立ってもおかしくない状況なのに、みじんもそんなことは思わなかった。

むしろ素敵だなと思う。虚栄心とか生活のためとかではなくて、描きたいという情熱に突き動かされてこの仕事をしていることがひしひしと伝わってくるその姿。

何はともあれ映画に行くのは無理そうだ。

正信はカーナビで自宅を目的地設定して、鈴木をアパートまで送っていった。駐車場の場所を訊いても「うん」という生返事しか返ってこないので、壁際に路駐して、鈴木を車から降ろした。鈴木のポケットから鍵を取り出して玄関を開け、家の中へと押し込む。その間中ずっと、鈴木は正信のワイシャツに絵を描き続けていた。

鈴木がこちらの世界に戻ってくるまで待ってもよかったが、あとのことは迎えに出たナナに任せて、玄関で踵《きびす》を返した。

鈴木の姿に、創作意欲を刺激されていた。

正信は、鈴木とは反対のタイプだと思う。心底描きたいものがあるというより、褒《ほ》められたい、認められたい、という虚栄心が執筆の原動力だった。天才肌の鈴木や藤原とはその部分からしてもう違う。

だが、意欲の源がすべて虚栄心かと訊かれれば、そんなことはない。それだけなら別に小説でなくてもよかったはずだ。書くことを選んだのは、鈴木に比べたら大きく劣るとはいえ、正信にも架空の物語を構築したいという衝動があったからだ。

ちょうど気分が乗って新作を書き始めたところだったのに加えて、鈴木が創作に没頭する様子を見て、正信も続きを書きたくてたまらなくなった。

アンダーシャツにスーツという珍妙な格好も気にならないくらいわくわくした気分で傘を片手に駅まで走って電車に飛び乗り、自宅に帰り着くと、着替える時間ももどかしくパソコンを起動した。

どうやって奇をてらうかではなくて、ただ湧き出るままに、素直にストーリーを書き進める。きりのいいところまでを書き終えて、とっくに日付が変わっている時計に目をやりながら、鈴木のことを思った。

あの神がかった集中力は今も続いているのだろうか。

遅まきながらチリッと嫉妬が胸を焼く。突出した才能とモチベーションの高さへの嫉妬。そして、鈴木の気持ちを一瞬でさらっていった創作の神様への嫉妬。

さっきは、自分も書きたいという気持ちが強くてそんな感情はまったく意識していなかったのに、執筆意欲が一段落してみると、鈴木の中で自分の位置は仕事より格段に劣るんだなぁとじわじわ実感してしまった。

思えば最初に鈴木のアパートに行ったときからそうだった。なにかが降りてきたら、鈴木はもう周りのことには一切関心がなくなってしまうのだろう。

いまさらながら、映画に行けなかったことを残念に思った。

そう考えると、前に一度抱かれ損なったのは、実に惜しい機会を逃したってことなんじゃないかという気がしてくる。

そして無意識にそんなことを考えている自分に驚き、我に返って焦った。

なに考えてるの、俺？

あんな貞操観念皆無のプレイボーイに抱かれたかったとでもいうのか？

いや、違う！　そこじゃなくて、そもそも男にどうこうされたいとか思うわけないだろ！

しかし、完遂ではなかったものの途中まで鈴木にされたことを思い出すと、俄《にわ》かに動悸《どうき》が激しくなり、身体の芯が甘酸っぱくよじれた。

やばいやばいやばい。そっち方面をおろそかにしすぎて、男相手でも反応するようになっちゃったとか笑えない。

同性を好きになるなんてありえない。

正信は冷静になろうと自分に言い聞かせ、そういう生々しいことを抜きにして、鈴木の普段の姿を脳裏に思い浮かべてみる。

いつも飄々としていて、何を考えているのかわからなくて、天才で、イケメンで、やさしくて、面白くて、今日……いや正確には昨日だけど、気まぐれに映画に誘ってくれたりして……。

あれ、どうしよう。ときめく要素しかない。

っていうかめちゃくちゃキュンキュンしてるし……。

正信は頭を抱えてベッドに倒れ込んだ。

これはあれだ、日中の仕事で疲れているのに、執筆でなにか変な脳内物質が大放出されて、ちょっと頭の中がおかしくなっているだけのこと。

でも考えてみれば、今まで女性相手にもこんな身体がよじれるような感覚にとらわれたことがない。これまでの交際はすべて相手からのアプローチで始まり、行くところまで行く前にフェードアウトしていた。

俺って、自覚がないだけでそっち側の人だったのかな……？

だが同じようにイケメンでも、小宮山や藤原相手にこんな気持ちになったことはない。

これは恋？

これが恋？

混乱する思考は、振りだしに戻る。いや仮に鈴木にそういう感情を抱いているとしても、あんな貞操観念皆無の男への恋心なんて、虚しいだけだ。百戦錬磨《ひゃくせんれんま》の強者《つわもの》が、自分みたいにそっち方面に不慣れなやつに真剣になってくれるはずがない。そうだよ、あのときだって、未経験者は相手にしない的なことを言っていたじゃないか。

だったらやっぱり、あのとき一生の記念に抱かれておけばよかった……って、いやいやいやいやなに考えてるんだよ、俺。

正信はベッドの上を三十往復ほど転がったのち、考えても答えの出ない問題に見切りをつけてガバッと起き上がった。

「……仕事しよ」

雑念を払拭するため、再びパソコンに向かう。

結局一睡もしないで、朝まで原稿を書き続けた。

5

鈴木《すずき》からLINEがきたのは、その週の土曜日の昼過ぎだった。

『先日はすみませんでした！』というメッセージと、にゃんスクのキャラクターが土下座しているスタンプ。

正信《まさのぶ》がどぎまぎしながら、にゃんスクの『お疲れ様』スタンプを返すと、速攻で『今日忙しい？』と返信があった。特に予定はないので、丸一日原稿をやるつもりだった。返事に悩んでいると、続けざまに鈴木から『もし怒ってなかったら、今日こそ映画につきあってください！』と送られてきた。

怒るどころかまた誘われたことに舞い上がって、『お願いします！』と返事を送った。

待ち合わせのシネコンに現れた鈴木は、正信を見つけるなり拝む仕草で頭を下げた。

「この間は本当にごめんなさい！」

「いえ、あの、車を路駐したままで、駐禁とられませんでしたか？」

「そんな心配をしてくれるなんて、まーくんマジ天使！」

鈴木は目をキラキラさせて笑う。

ふと視線を感じて周囲を見回すと、スナックカウンターに並んだ女の子のグループがこちらを見ながら興奮した様子でなにか囁《ささや》き合《あ》っている。

鈴木一太郎《いちたろう》だということに気付いたのかもしれない。あるいは単にイケメンがいることで盛り上がっているのだろうか。鈴木はカジュアルな格好のことが多くて、今日も黒ベースのTシャツにカーゴパンツというういでたちだが、Tシャツがコンパクトサイズなのもあり、脚の長さがハンパなくて、同性の目から見てもかっこいいと思う。

正信は私服になると、とたんに子供っぽく見えるタイプで、二十七歳の今でも酒を買うときに身分証明書の提示を求められたりするのがコンプレックスだ。

「ん？　どうしたの？」

あまりにじっと見つめすぎたためか、鈴木が怪訝《けげん》そうに訊ねてくる。まさか見惚れていましたとも言えず、正信は女の子たちの方に視線と話題を逸らした。

「なんだかあの子たちがさっきからこっちをじっと見てるなぁって」

「あの子たち？」

鈴木が正信の視線の方に首を向けると、女の子たちが明らかに色めき立つ。

鈴木はにこっと笑って、女の子たちに手を振った。女の子たちは興奮したようにキャーッと手を振り返してくる。

面白くない、と思ってしまって、瞬間的に湧いてきたこの気持ちの出どころはどこだろうかと思う。鈴木がかっこいいのが面白くないのか、女の子たちに慣れた仕草で愛嬌《あいきょう》を振りまいたのが面白くないのか。……どっちもかな？

「チケット、座席券に交換してきましょうか」

チケットカウンターの方に鈴木を促すべくそっと腕に触れながら、自分の心の醜さみたいなものをふいに自覚する。

自分よりもずっと魅力的な女子たちに、そっちは見てるだけだろうけど、こっちはこんなふうに親しいんだぞと無意味なアピールをして、劣等感を鎮《しず》めようという小物感。

そういえば、以前、鈴木と藤原《ふじわら》が親しげなのを見て、売れっ子同士の仲良しアピールムカつく！　と思ったことがあったけれど、あれって単純に嫉妬だったよなと思う。自分もあそこに行きたいという願望があって、それが叶わないからそういうのを見下しているようなふりをしてみたり。

俺ってホント面倒くさい。

ぐちゃぐちゃ考えてないで、今はこの瞬間に集中しよう。

「ど真ん中取れてラッキーっすね」

チケットを手にいつもの人懐《ひとなつ》っこい笑みを浮かべる鈴木の瞼《まぶた》が、いつもより若干重たげなことにふと気付く。そういえば目の下がうっすら黒ずんでもいる。

「鈴木先生、なんだかお疲れじゃないですか？」

「あー、実はさっき原稿があがったところで、昨夜寝てないから」

「え、大丈夫ですか？」

「一晩くらい全然平気。三日寝れないとかもざらだし」

売れない小説家の正信と違って、週刊連載を抱えた人気漫画家のスケジュールは相当ハードに違いない。

そんな正信の心中を読んだのか、鈴木はへらっと笑う。

「アイデアが降りてきたときに　ガーッと集中してやるタイプだから、週の半分は大変だけど、半分はオフって感じっすよ。それより会社勤めしながら小説を書いているまーくんの方がよほど大変だと思う」

「大変だなんて言えるほどの仕事もないので」

事実すぎて自虐にすらならないが。

スナックカウンターで飲み物とポップコーンを買って、入場前に正信はトイレに寄った。ロビーに戻ると、鈴木が片隅のソファで飲み物のカップに何か描いている。

またネタが降りてきたのだろうか？　今回も映画はお流れかとおそるおそる歩み寄ると、鈴木はぱっと顔を上げた。

「おかえりなさい」

ネタが降りてきたときの、あのテンションとは様子が違う。

「二人とも同じドリンクだから、まーくんの方に目印つけておいたっす」

プラスチックの蓋《ふた》に、猫耳のついた正信の似顔絵がさらっと描いてある。正信は感激に打ち震えた。

「すごい！　このカップ、持ち帰っちゃおう」

「えー、ベタベタするからやめようよ」

「こんなレアなもの、捨てられないです」

「いつでも描いてあげるって」

うわぁ。なんという僥倖《ぎょうこう》。

前回気まぐれに誘ってくれた映画がお流れになった穴埋めで、軽く誘ってくれただけなのだろうが、正信にとっては相当すごいことだ。憧《あこが》れの漫画家にこうして映画に誘ってもらって、手ずから似顔絵を描いてもらったりして。しかもいつでも描いてくれるという。

生きていると思いがけない幸せに出会うことがあるものだとしみじみ感動する。

髑髏王子《どくろおうじ》は四回目でもやっぱり面白かった。映画のあと、食事をしながら感想を話すのもまた楽しかった。今まで人と一緒に映画を観ると、なにか気の利《き》いた、さすが作家のはしくれは目のつけどころが違うと言われるような感想を言わなければいけないと、勝手にプレッシャーを感じていた。しかし鈴木は、「ちょー面白かった」「あそこ何度見ても泣く」「出てくるごはんがおいしそう」などごく素直な反応を見せるので、正信も気負わずに思ったままのことを言えた。

変な見栄を張らなくてもいいのは、なんて楽しいんだろう。このまま永遠に喋《しゃべ》っていたいと思ったが、徹夜明けの鈴木をあまり長く拘束してはいけないと、正信の方から時計に目をやった。

「もうこんな時間ですね。今日はありがとうございました。すごく楽しかったです」

「え、もう解散?」

名残惜《なごりお》しげにしてくれるところが、さすがプレイボーイのプレイボーイたるゆえんだと思う。だがリップサービスを真に受けるほど能天気ではないし、「僕なんかに気を遣っていただいてすみません」という本音を口にするほど幼稚でもない。

「実はちょうど原稿がのってきているところなんです。映画の楽しかった気分をモチベーションに、帰ってから執筆頑張ります」

自分のせいにして、鈴木に気を遣わせないようにする。執筆の調子がいいのは事実だった。それも元はといえば鈴木のおかげだと、正信は改めて鈴木にお礼を言った。

「スランプを脱せたのは、鈴木先生のおかげです」

「え、俺？」

「この前、いろいろとアドバイスいただいたおかげです」

「アドバイス？　なにかしたっけ？」

鈴木が不思議そうに首をかしげる。

覚えていないのか、あるいは本人的にはアドバイスでもなんでもなかったのか。そこがまた、鈴木らしくてかっこいい。

「いろいろ吹っ切れました。本当なら僕がお礼をしなきゃいけない立場なのに、夕食をご馳走になってしまって」

「ご馳走とか言われるような額じゃないんだけど」

鈴木が笑う。どうしてもフライドチキンが食べたい気分！　という鈴木の希望で入ったファストフード店で、正信が席を確保している間に鈴木が支払いを済ませてしまったのだ。

「でも、どうしてもお礼をしてくれるっていうなら、身体で払ってもらおうかなぁ」

冗談口調で言いながら、鈴木がじっと正信の目を見つめてくる。

ああ、本当に申し訳ないなぁと思う。この前、正信が変なことで拗《す》ねてビービー泣いたりしたから、鈴木は誰でも口説くその社交辞令を、正信にも向けてくれているのだ。

「ありがとうございます」

お礼を言うと、鈴木は「え、なんで？」と首をかしげる。本当に隅々まで気を遣ってくれるなぁと思いながら、店を出て、駅に向かう。

改札の前で挨拶をしようとすると、鈴木が手にしていた紙袋をかざして、言いにくそうに口を開いた。

「ねえ、これってもしかしてまーくんの？」

鈴木がそろそろと袋から引っ張り出したのは、先日鈴木にスケッチブック代わりにはぎとられたワイシャツだった。

もしかして、という程度にしか記憶にないのかと、ゾーンに入ったときの鈴木の集中力と自分の存在感のなさに失笑してしまう。

「そうです」

「ごめん！　マジで！　洗濯してみたけど全然落ちなくて。新しいのを買って返そうと思ったんだけど、ワイシャツってＳＭＬじゃなくて、首回りと袖丈で細かいサイズ設定あるから、サイズ聞いてからにしようと思って」

「全然気にしないでください。むしろそれをいただける方が嬉しいです」

大好きな漫画家から自分のシャツにイラストを描いてもらうなんてそうそうないことで、シャツをダメにされたことより、嬉しさの方が勝る。

鈴木から紙袋を受け取った正信は、シャツ一枚にしては袋が重すぎることに気付いて、中を覗き込んだ。なにやら菓子折りが入っている。

「それ、よかったら食べて」

「そんな。なんだかいろいろお気遣いいただいてばかりで、申し訳ないです」

「お気遣いなんかしてないっすよ」

にこにこしながらそう言うと、鈴木は正信の尻をするっと撫でてきた。正信は仰天して思わず飛《と》び退《の》く。

「ひゃっ！」

「まーくん、マジで超敏感肌」

「いえ、あの、ホントにお気遣いなく！」

「なにそれ。まーくんって時々意味不明でおもしろかわいい～」

そう言いながら尻をもうひと撫でしてくる。

「もう大丈夫ですからっ」

おそらく、別れ際に尻ぐらい撫でておかないと、また拗ねるとか思われているに違いない。こんなに気を遣わせてしまって申し訳ないと深く反省する。

逃げるように鈴木と別れ、帰宅すると、正信はワイシャツに描かれたイラストをうっとりくまなく見分した。このネタがいつか鈴木の作品で使われるのかもしれないと思うと、そわそわウキウキした。いっそ着て歩きたいくらいだったが、大切にクロゼットにしまった。

それからもらったお菓子を取り出し、なんとなく包装紙に見覚えがあるなと思いながら包みをほどいた。

「わぁ……」

一人の部屋で思わず声が出た。箱の中には、鮮やかな緑と赤のドレンチェリーが焼き込まれたフルーツケーキが並んでいた。以前、職場で取引先からの手土産でもらったことがあり、あまりにもおいしかったので封入されていた栞《しおり》を手帳の『死ぬまでにもう一度食べたい物リスト』のところに貼り付けておいた。前に正信が落とした手帳を見た鈴木が、覚えていてくれたに違いない。

突拍子もないところもあれば、こんな繊細な気配りもしてくれたり、なんともいろいろな面を持っている人だなと思う。

『大好きなお菓子をありがとうございます』

メッセージを送ると、すぐに返信があった。

『俺もアシさんと食べてみたけど、めっちゃうまいっすね。カラフルなサクランボがサクサクして、じゅわってお酒がしみ出してきて』

『ですよね！』

正信は前のめりになる。あの毒々しい色みが問題なのか、今まで自分以外にドレンチェリーファンに会ったことがなかった。

『ちなみに俺、クリームソーダのサクランボも好き』

鈴木からさらなる告白を受け、正信は床の上で悶絶《もんぜつ》した。

『僕もです！』

子供の頃からあれが大好きだったが、やはり自分以外好きだという人間に会ったことがない。人とは違うものが好きというのがアピールポイントになる場合もあるが、缶詰のサクランボというのは味覚の幼児性として呆れられることの方が多い。実際、前の担当にバカ舌呼ばわりされたこともあって、人前で好きと言うのを控えるようになった。

鈴木は本当に楽しい男だ。自分自身の価値判断に気負いがなく、人の目など気にしない。売れっ子で自分に自信があるからそうなのかもしれないし、そういうふうだから売れっ子になれたのかもしれない。

見習いたいなと思う。好きなものは素直に好きと、楽しいことは素直に楽しいと、変に身構えたりしないで言える人間になりたい。

正信はフルーツケーキをじっくりと味わってからパソコンに向かい、好きなことを好きなように書く楽しさにしばし没頭した。

「素晴らしいです！　あまりに面白すぎて、昼食を食べ損ねたくらいです！　今回のお話は音ノ瀬《おとのせ》先生の代表作のひとつになると思います！」

初稿を送ったあとの打ち合わせで、小宮山《こみやま》は目を輝かせながらそう言ってくれた。

「ありがとうございます」

清々しい満足感を覚えながら、正信はこのあと早速、鈴木に報告しようと思っていた。

鈴木とはあれから三回ほど映画や食事に行った。そのうち二回はまた鈴木のもとに創作の神様が降りてきてしまい、途中でお流れになったが、それも含めてとても楽しい時間を過ごした。

ＬＩＮＥはほとんど毎日している。鈴木はすべてにおいてまめなタイプだが、ときには半日くらいメッセージが既読にならないこともあり、きっと今頃夢中で絵を描いているんだろうなと想像すると自然と笑顔になった。

もっとも、横断歩道の真ん中とか危険な場所で始めてしまっていないかと、少々心配にもなったけれど。

交友関係の広そうな鈴木の友人の一人に加えてもらえたのは、とても光栄なことだった。最近では会うたびに『まーくんのパンツ、今日は何色か見たいっす』とか『ナナがまーくんに会いたがってるから、うちにお泊まりしていきませんか？』とか、リップサービスを繰り出しては、盛んに尻を撫でてくるので、そのたびに激しくドキドキしてしまう。

毎回思うのだが、最初に正信が変な落ち込み方をしたせいで、鈴木に気を遣わせていることに関しては申し訳ない気持ちでいっぱいだった。

お気遣いなく、と言うのも無粋だし、冗談を真に受けたらまた鈴木に面倒な思いをさせることになるので、正信はちゃんと空気を読んで冗談には冗談で返すようにしている。

傍《かたわ》らで見ていて思うのは、鈴木は誰かや何かを嫌うということがなく、常に好奇心と好意を持って接していくということだった。

初めて会ったときに、鈴木と藤原の仲の良さを売れっ子同士の馴れ合いなどと嫉妬混じりに思ったことをいまさらながら深く反省した。鈴木は相手が誰であろうと垣根なく心を開いていく。だからこそ、正信も友人の一人に加えてもらえたのだ。

鈴木とは食べ物の好みも合うし、本や映画の趣味も似ている。虚飾のために好きでもないものを好きだと言っていたときとは違い、本音で好きなものの話ができるのはとても楽しかった。

校正や装丁の打ち合わせの日程を決めたあと、小宮山と雑談していると、エレベーターの方から藤原がやってくるのが見えた。

「あ、このあと藤原先生と打ち合わせなんですね」

正信は荷物に手をのばして、辞去するべく立ち上がる。

小宮山は苦笑いを浮かべた。

「いえ、今日は音ノ瀬先生で最後です」

正直に教えてくれる小宮山にますます好感を抱く。

つまりプライベートな待ち合わせか。軽く冷やかそうとしたところに、小宮山が電話で呼ばれ、

「すみません！」と席を外す。

傍らに来た藤原は、小さく顎《あご》を上下させて会釈した。以前なら傲慢《ごうまん》にしか見えなかった仕草だが、今は単に不器用な青年だということが伝わってくる。

「こんばんは」

正信が笑顔で挨拶を返すと、藤原は眩しそうに何度か瞬《まばた》きをした。

「お仕事の帰りですか？」

「はい」

「かっこいいですよね、サラリーマンって」

これまた以前なら完全に小馬鹿にされていると感じたが、今は本気で言っているらしいとわか

る。

「ありがとうございます。そこを褒《ほ》められることってないので、嬉しいです」

藤原はじっと正信の顔を見て言った。

「鈴木さんが、『まーくんの笑顔最強』って言ってたけど、本当ですね」

今度は違う方向に思いがけないことを言われて焦る。鈴木が自分に関して言った台詞《せりふ》を人づてに聞くというのは、なんともムズムズして不思議な昂揚感があった。

「最近、懇意にされてるみたいですね」

どうやら鈴木は正信との交友を、仲のいい藤原に伝えているらしい。つい、好奇心が頭をもたげる。

「ほかにも僕のことを何かおっしゃってましたか？」

自分のいないところで、鈴木は自分のことをどんなふうに言っているのだろう。

藤原はちょっと考える様子を見せたあと、訥々《とつとつ》と言った。

「急に創作に没頭しちゃっても全然怒ったりしなくて心が広いし、食べ物や映画の趣味も合って、一緒にいて楽しい人だって言ってました」

嬉しい評価にうずうずしていると、藤原は「でも」と続ける。

「どう接していいかわからなくなることもあって、困ってるとも言ってました」

昂揚していた気持ちが、一気に急降下する。

なにそれ？　どういう意味？

ちょうど電話を終えて戻ってきた小宮山に見送られ、正信は作り笑いで二人に挨拶をしてエレベーターに乗った。扉が閉まったとたん、真顔に戻る。

接し方に困ってる？

最初に考えたのは、仲良くしたくないのにつきまとわれて困っている、という解釈だ。しかし、誘ってくれるのはいつも鈴木の方だし、ＬＩＮＥも向こうからのメッセージに正信が返信するパターンの方が多い。いくら正信が卑屈な性格だとしても、この状況で鈴木がいやいやつきあってくれていると思うほど被害妄想過多ではない。

そこでないなら、接し方に困るポイントはどこだろう。

考えられるのは、正信が友情を超えた感情を抱いているのが鈴木に伝わってしまっている可能性だ。自分ではひた隠しにしているつもりだが、無意識に漏れているのかもしれない。鈴木は単なる友人としてつきあいたいのに、正信からそれを超えた感情を察知して対処に困っているのかもしれない。そうだ、きっとそうに違いない。

急に顔が火照ってくる。うまく隠しているつもりだった恋心を鈴木に気付かれ、困惑されていたなんて。

いや、だが落ち着け。

鈴木は博愛主義者だけれど、本当に無理なことにははっきりノーと言う人だ。実際、以前一線を越えかけたときにも、正信に性体験がないと知ったら、そういう相手とはしない主義だとあっさり断られた。

そのうえで、現時点での友人関係にダメ出しされていないのは、まだ継続不可能なところまではいっていないということだ。

今までにも充分気をつけていたつもりだが、今後はより一層気をつけて、友達の一線を超えるような視線を向けたり、気配を醸《かも》し出《だ》したりしないようにしなくては。

そんなことを考えながら駅に向かう道中、当の鈴木から能天気なＬＩＮＥが届いた。

『まーくん、今日は打ち合わせだったよね。どうだった？』

『おかげさまで初稿ＯＫいただけました』

『やったね！　今度会ったとき祝杯あげよう☆』

おめでとうの旗を掲げたスタンプのあとに、

『今日はパンツ何色？』

また冗談コメントを送ってくる。いや、今までは明らかに冗談だと思って『色気皆無の黒のボクサーです』などとノリで返していた。しかし実は何か試されているのかもしれない。『何色なのか先生がその目で確かめてください』などとうっかり乗っかっていったら、やっぱり面倒くさいこと考えていやがった、とか思われて、切られる運命なのかも。

気付けてよかった。

正信はパンツ検定をスルーして、『先生もお仕事頑張ってくださいね』と無難な社交辞令で返した。

『祝杯は今度の木曜でどう？』

鈴木からはからっと返信がくる。

『木曜は小宮山さんと打ち合わせ予定です』

『じゃあ打ち合わせのあとでどうかな？　旭《あさひ》さんのとこで待ち合わせ』

こうして積極的に誘ってくれるのだから、接し方に困るとはいっても、避けられているわけではないのだと、ほっと胸を撫で下ろす。

『楽しみにしてます』

ウキウキ顔のにゃんスクスタンプを返すと、同じスタンプが鈴木からも返ってきた。

間違えてもこのいい関係を壊すようなことをしてはいけないと、正信は自分を戒める。

恋愛感情なんてなかったことにしよう。自分が鈴木に抱いているのは、単なる敬愛と友愛だけ。

自分の気持ちに枷《かせ》をはめるのは苦しく切なかったが、この関係を壊さないためにはそうするしかないのだと、自分に言い聞かせた。

6

約束の木曜日、小宮山《こみやま》と装丁の打ち合わせをしていると、鈴木《すずき》がスキップしながらやってきた。

「わんばんこ〜！　あ、早かったっすか？」

「どうしたんですか、鈴木先生」

事情を知らない小宮山が、驚いたように目を瞬《しばたた》かせる。

「まーくんと待ち合わせでーす」

「……まーくん？」

小宮山が目を細める。

「あの、僕です」

赤面しそうになるのをこらえつつ、正信《まさのぶ》は小宮山に笑んでみせた。

「このあと、鈴木先生と飲みに行く約束をしてまして」

「そうなんですね。あ、鈴木先生も原稿を出しに来られたんですか？　ちょうど締切ですよね」

鈴木はへらっと笑う。

「原稿はまだっす。もう担当じゃないのに、旭《あさひ》さんにそう言われるとなんか背筋にびりっと電気が走るなぁ」

「僕の方こそすでに担当じゃないのに、まだあがってないって聞くと心臓がバクバクしてきますよ。大丈夫なんですか？」

「大丈夫でーす」

小宮山は苦笑いで正信に向き直る。

「それじゃ打ち合わせをさっさと終わらせちゃいましょう」

そう言われたものの、なんとなく気もそぞろだった。少し離れたソファからこちらをにこにこしながら見ている鈴木の視線が気になる。今日もすごくかっこいいし、自分の原稿が終わっていないのに正信との飲みの約束を優先して、あんな楽しそうな顔で来てくれたのだと思うと、ときめきが止まらない。

いや、ときめいたりしてはいけない。敬愛で友愛だと心に誓ったじゃないか。正信は頭の中で自分に往復ビンタを食らわせて、目の前の仕事に集中する。

小宮山が、装丁候補のデザイナーの見本を取りに席を立つと、鈴木が軽い足どりで寄ってきて、小宮山の席に腰をおろし、ぐっとテーブル越しに身を乗り出してくる。

「ねえまーくん、来週お誕生日だよね？」

おでこがくっつきそうな至近距離で、唐突ににこにこ顔で言われて面食らう。

「どうして知ってるんですか？」

「本のプロフィール欄に書いてあるし」

言われてみれば、その通りだ。

「はい、これプレゼント」

Ｂ４の封筒に手書きのリボンがかかっていて、にゃんスクのキャラクターがクラッカーを鳴らしている絵が描いてある。

「え……あの、ありがとうございます」

驚きながら受け取ると、見本を抱えて戻ってきた小宮山が、興味深げに身を乗り出してくる。

「なんですか？」

「鈴木先生から誕生祝いを頂戴して……」

「その封筒サイズって、もしかして原稿ですか？」

「なんだろう？　今拝見してもいいですか？」

正信が問うと、鈴木は「どうぞどうぞ」と微笑む。

中から出てきたのは、小宮山の言う通り原稿の束だった。

「原稿、できてるんじゃないですか」

小宮山がつっこむ。

「いや、これは俺からまーくんへの贈り物です」

鈴木は小宮山にそう言ってから、正信の反応を窺《うかが》うように、楽しげな視線を向けてくる。

原稿にはにゃんスクのキャラクターが描かれていたが、通常のにゃんスクではなかった。正信が手帳に書き殴った内容を、おなじみのキャラクターを使って、絵本のような形式でコミカルに描いている。恵方巻にかぶりついていたり、売れっ子作家に文句を言っていたり、原始人の格好をしていたり……。

「え、なんですか、これ？」

傍《かたわ》らから覗き込んでいた小宮山の目の色が変わる。正信が原稿をめくるたびに、小宮山の表情がどんどん輝いていく。

「面白いですね、めちゃくちゃ！」

「まーくんの手帳のメモがすごく楽しかったので、絵にしてみました」

「すごいな、鈴木先生と音ノ瀬《おとのせ》先生のコラボですか？　これ、ぜひうちで出させてもらえませんか？」

「いや、これはまーくんへの個人的なプレゼントなので」

「これが世に出ずに終わるなんてもったいなさすぎます！　そうだ、音ノ瀬先生の新刊と二か月連続刊行にしましょうよ！　ね？　お願いします！」

頭上で交わされる二人の会話が、右から左へと通り過ぎていく。正信は感激に打ち震えていた。自分一人のために、鈴木が描いてくれた原稿。正信の世を拗《す》ねた愚痴の部分も、鈴木の手にかかるとユーモラスな魔法にかかってウイットに富んだ作品に変わっていた。

好きになってはいけない。恋愛感情が露呈すれば、鈴木は面倒になって離れていってしまう。それはわかっているのだけれど、こんなに手のかかった唯一無二のプレゼントをもらっては、ときめかずにはいられない。

顔が熱くなり、手が震え、感激で泣きそうだった。大好きですと抱きつきたい衝動に駆られ、このままではヤバいと焦る。

「ねえ、音ノ瀬先生、これはぜひ、鈴木先生ファンにも、音ノ瀬先生ファンにも見ていただきたいですよね？」

原稿に俯《うつむ》けていた顔を、小宮山が覗き込んでくる。今、自分がどんな顔をしているのか想像したらいたたまれなくなって、正信は勢いよく席を立った。

「すみません、急用を思い出しました。今日はこれで失礼します」

踵《きびす》を返し、一目散に編集部をあとにする。

「音ノ瀬先生⁉」

呼び止める小宮山の声が廊下に反響する。

なにやってるんだよ俺はと思ったが、どうしても今の顔を鈴木に見られたくなかった。見られたらきっと恋心がバレてしまう。

エレベーターではなく階段に向かい、一階まで一気に駆け下りる。表に飛び出し、梅雨の蒸し暑い夜気の中をつんのめるように歩いて駅に向かう。

ああ、ヤバい。顔を見られるのも困るけれど、こんなふうに逃げ出したらそれこそ挙動不審で、変に思われる。だがいまさら戻れない。

気付けばスーツの上着も、せっかくのプレゼントも、編集部に置いてきてしまったが、もはや駅に向かうしかなかった。

やっぱり無理だ。好きな相手のそばにいて、好きな気持ちを隠しおおせるなんて不可能に決まっている。

向こうに拒絶される前に、正信から離れるしかないのだろうか。

相手は誰でも口説くプレイボーイ。なのに正信はその対象にすらしてもらえない。

そこまで考えて、ふとある考えに行きつく。鈴木が自分をそういう意味で受け入れてくれないのは、正信がその手のことに不慣れで面倒だからだ。

だったら、面倒でない人間になればいい。経験を積んで、対等に遊べる人間に。離れたくなくて恋愛感情も捨てられないならば、選択肢はそれしかない。

愚かな考えだと思わないでもなかったが、ほかに方法を思いつかなかった。正信は自宅へ帰るのをやめて、電車を乗り換えた。

目指した先は、以前鈴木を待ち伏せしたバーだった。店に着くなり、まっすぐカウンターに向かい、アルコール度数高めのカクテルを注文して、一気に呷《あお》る。おかわりをして、もう一杯。

最初に声をかけてきた相手と無条件で寝よう。

突拍子もない決意を固めながら三杯目のカクテルを注文し、しかしさすがに根が常識人の正信は、無条件はいくらなんでも投げやりすぎかと、そこだけ我に返る。あまりにも清潔感がないのは無理だし、全身タトゥーやボディピアスとかいうのも好みの範疇外《はんちゅうがい》だし……。

いや、好みとか贅沢《ぜいたく》なことを言っている場合か？　そもそも恋い焦《こ》がれる相手は別にいるのだから、好みの相手である必要はないわけで。

「ここ、いいですか？」

ぐるぐる考えながら四杯目のカクテルに手をのばしたとき、耳元で声をかけられた。振り向くと、サラリーマンと思《おぼ》しきスーツ姿の男がグラスを手に立っていた。正信と同じくらいの年頃の、ごく普通の男だった。

拒むポイントがひとつもないことを残念に思いながら、正信は「どうぞ」と笑顔で応じた。

「さっきから見てたんですけど、ピッチ速いですね。なにか嫌なことでもありました？」

「まあ週の後半ともなるといろいろ……」

「ですよね。お互いお疲れ様です」

グラスをかざしてくる相手に、自分のグラスを触れ合わせる。思いのほか酒が回っていて、中身がカウンターテーブルにこぼれてしまう。

「大丈夫ですか？　だいぶ飲んでるみたいですけど」

「大丈夫……じゃないかな」

上半身がゆらゆらして、テーブルに手をついた。

「ちょっと場所を変えて、ゆっくりしませんか？」

男が顔を寄せて囁《ささや》いてきた。目論見通りの展開を、喜ぶべきだろうか。

男に促されるまま、正信は席を立った。ふらつくと、男が肩を抱くようにして支えてくれた。

今からこの人と寝るのかな。こんなに酔っちゃって勃《た》つかな。……いや、別に俺が勃たなくても問題ないのかな。いやいや、抱かれるつもりでいたら、相手もそっち系の人だったりして。

なにやら緊張感のない考えが頭の中をぐるぐる回る。まあいいや、どっちでも。いっそ一度に両方喪失できたら、一石二鳥というものだ。

男にエスコートされ、数歩歩いたところでなにかにぶつかった。重い瞼《まぶた》を上げると、なにやら怖い顔をした背の高い男が立っていた。

それが鈴木だと気付くのに三秒ほどかかった。真顔が笑顔という感じの男の、そんな怖い顔を見たのは初めてだった。

「……鈴木先生?」

「どーも。連れが迷惑かけてすみませーん」

鈴木は男に向かってへらっと笑うと、戸惑っている男の手から正信を強引に抱き取って、まっすぐ店の外へと向かう。

「え? ちょっと……」

状況を呑み込めない様子の男の声を、ドアがシャットアウトする。

ポカンとしたまま肩を抱かれて数十メートル歩いたところで、正信は足を止め、鈴木の手から抜け出した。

「な……なんでこんなところに?」

「それはこっちの台詞《せりふ》ですよ。突然飛び出していくからなにごとかと思って追いかけてきたら、いきなりゲイバーでハイピッチで酒飲んで、ナンパとか」

どうやらずっとあとをつけてきていたらしい。

「まーくんの行動、意味不明すぎて、どのタイミングで声かけていいのかわかんなくて様子見てたら、なんであんなことになるんだよ」

怒っているのか呆れているのか、珍しく荒い口調で言われ、決まり悪さゆえについ正信も喧嘩《けんか》腰《ごし》で返す。

「行動が意味不明とか、先生に言われたくないんですけど。そっちの方がいつもよっぽど意味不明じゃないですか」

鈴木は一瞬黙り込み、それから口調を和らげる。

「俺、なにかまーくんを不快にさせることしましたか？　勝手に手帳の中身をマンガにしたりしたから怒った？」

正信はふるふると首を振った。

「怒ってないです。怒るどころか、あんなに嬉しい誕生祝いをもらったの、生まれて初めてで、感激しました」

急に動いたり激昂《げっこう》したりしたせいか、アルコールが全身をめぐり、ふらついてたたらを踏むと、鈴木が支えるように抱き留めてくる。

酔ってバクバクしていた心拍数が、鈴木の広い胸の中にすっぽり包まれてさらに上がる。そんなことをされたら、平静を保てないじゃないか。

ていうかそもそも、これって現実だろうか？　妙に足元がふわふわするし、頭もぼおっとしてる。

あんなタイミングで好きな人が登場して強引に自分を攫《さら》うとか、往来で抱きしめられるとか、いろいろと都合が良すぎる。

混濁する意識の中、正信は鈴木の身体を押しやった。

「離してください」

「ダメです。足元危ないでしょう」

「俺、さっきの人とセックスしないといけないんで」

「は？　なに言ってるんですか」

「だって、俺の好きな人は、未経験者は相手にしない人だから、俺は経験を積んで、その人に相手にしてもらえるくらいの遊び人にならなきゃいけないんです」

正信が脳内をダダ漏れさせると、急に相手が押し黙った。

あれ？　俺、誰と喋《しゃべ》ってるんだっけ？　これ言っちゃってよかった？

判断機能も足元と同じくらい覚束《おぼつか》なくなっていく。

「じゃあ、失礼します」

沈黙と同時に力が緩んでいた腕の中でくるっとターンして、千鳥足で店に引き返そうとしたら、後ろから強い力で再び抱きしめられた。

「まーくんのお初は俺がいただきます！」

いきなりハイテンションな声で宣言されて、頭の中がわやくちゃになる。

は？　なに言ってるの？　てかこの人誰？　ここどこだっけ？

なんだかもうふにゃふにゃして、意識がぼんやりして、わけがわからなくなってくる。

タクシーに押し込まれたところまでは記憶にあったが、移動の最中のことは覚えておらず、次にうっすら意識が戻ったのはベッドの上で、鈴木の顔が至近距離にあった。

「大丈夫？　ほら、水飲んで」

首を起こしてペットボトルを口に寄せてくる鈴木を、正信はいやいやをして拒む。

「水なんかいりません。それより、お初をもらってくれるんじゃなかったんですか？」

どうせ夢だし、思ったことを率直に口にすると、鈴木は困った顔をする。

「もらいたいけど、ちょっとまーくん酔っぱらいすぎ」

「……そんなこと言って、やっぱり未経験者は面倒くさいって思ってるんでしょう」

いやこういうとこ、夢の中でも面倒くさいな、と自分でおかしくなって、笑いながら横向きに寝返りを打つ。

すると鈴木は正信の背中に寄り添うように横たわり、背後から耳元に唇を寄せてきた。

「面倒くさいなんて思ってないです。ただ、俺はずっとセックスは両者合意のレジャーって感覚で生きてきたんで」

酩酊状態で現実と夢の間を行ったり来たりしながらも、正信はぼんやり鈴木の生い立ちを思い出す。父親を取り巻く女性たちとのスキンシップから始まった鈴木の性遍歴。いつも陽気で楽しげな鈴木の中の歪みとか闇とか。

「最初のとき、まーくんもそういうつもりで乗ってきたのかと思ったから、初めてだって言われて、しかもいきなり泣かれちゃって、すげえビビって」

思い出すと悶絶《もんぜつ》ものの恥ずかしさだった。

「それでそのあと」

続きそうになる鈴木の言葉を、正信は肩越しに手を回して鈴木の口を塞ぐことで封じた。

言い訳とか謝罪とか、聞きたくなかった。せっかくのいい夢を、そんな話で浪費したくない。

「じゃあ、僕もレジャーだと思うことにするから、抱いてください」

「雑なこと言いださないでよ。ちゃんと俺の話を聞いてからにして」

「やだ」

「まーくんてば」

「面倒くさい説教で時間を浪費するなら、さっきの人とセックスしてくる」

「ダメっすよ」

「ひっ！」

ガブッと耳を甘噛みされて、正信は悲鳴をあげて背筋をのけぞらせた。

「それなら本末転倒だけど、ピロートークで俺の話を聞いてもらうことにする」

言うなり鈴木は正信の肩をぐいと引き、自分の下に組み敷いてくる。

いつものほほんとして摑みどころのない鈴木に、肉食獣のような目で見おろされると、ひどくドキドキした。それともこれはアルコールのせいか？

考え込んでいるうちに、鈴木の唇が近づいてきて、ぽかんと見上げていた半開きの唇を塞がれた。

「ん……っ」

あ、ヤバい。さっきのバーでつまみのサラミを食べて、散々飲んで、歯を磨いてないし……。

こんなときなのに、妙に現実的なことが脳裏をよぎる。

性体験のない正信でも、これまで交際した女の子たちとキスくらいはしたことがある。そういう雰囲気になりそうな日は、一緒に食事をしたあとにトイレでこっそり歯を磨いたり、ミント味のキャンディーを舐《な》めたりと気を遣った。

うがいくらいしておけばよかったと焦ったが、そんなことは意にも介さない様子で鈴木が深いキスをしかけてきて、すぐに余計な考え事どころではなくなった。

鈴木のキスは、正信がこれまで知っていたようなキスとは全然違った。唇を触れ合わせる挨拶のようなものではなく、もはやこれはセックスの一部ではないかと思うような、淫靡《いんび》な粘膜の接触だった。

「……ぁ……ふ……ん、ん……っ」

喘《あえ》ぎ声《ごえ》ごと全部からめとられて、背筋がゾクゾクと痺れ、腰が震える。

落ち着かせる意図か、あるいは煽《あお》る意図か、正信の胸や脇腹を撫でさすっていた鈴木の大きな手のひらが、下半身へと移動していく。

「……だいぶ飲んでるからどうかなって思ったけど、大丈夫そうですね」

スラックスの下で兆しているものを扇情的に撫で回されて、正信は本能的に膝を引き寄せそこを隠そうとする。

「ダメっすよ。そっちから仕掛けてきたんだから、責任とってくださいね？」

鈴木はやさしく正信の頬を撫でると、ぐいと正信の両膝を割って閉じられないように自分の身体を割り込ませ、ベルトに手をかけてきた。

「あ……」

ついその手を押し留めるように摑んでしまう。

鈴木は軽く首を傾け、正信を見おろしてくる。

「やっぱり俺の話を聞いてからにします？」

なんだよ、話って。セックスはレジャーだけど、一回だけ例外を設けてやるとかいう話なら聞きたくない。聞いてしまったら悲しくなって、きっとできない。

「やだ」

正信が駄々っ子のように言うと、鈴木はふっと笑う。

「じゃあ、協力してください」

正信は頷いて手を引いた。

ベルトを外される金属音のあと、前をくつろげられ、下着もろとも下ろされた。恥ずかしさでドキドキと心拍数が上がり、血流とともにアルコールが全身にめぐる感じがして、頭がさらにふらふらしてくる。

漫画家の器用な右手が、正信の敏感な部分に直《じか》に触れてくる。

「あっ」

我知らず声が裏返る。

「かわいいよね、まーくんの」

両手の甲で顔を覆いながら、正信は足をバタつかせた。

「かわいいとか、バカにしてるんですかっ」

恥ずかしいのも相まって拗ねてみせると、鈴木は手のひらの上から甘やかすようなキスを浴びせかけてくる。

「いやいや。まーくんは小柄だから、これくらいが適正サイズっす」

やっぱりバカにしてるじゃないかよと思ったが、指の輪で巧みな刺激を与えられると、余計なことを考える余裕もなくなった。

「ゃ……あ、あ……っ……」

誰の手も知らない正信でも、前回同様、鈴木の愛撫が巧みなことはよくわかる。たくさんの経験から培ったテクニックだと思うと悔しい気持ちにもなる。だが、それを補って余りある快感に我を忘れる。

「あ、あ、ダメ……」

「前にも思ったけど、まーくんってすごく感じやすいよね」

「ま……またバカにして」

「してないって。かわいくてめっちゃ萌える」

鈴木は片手で正信の性感を高めながら、もう一方の手でシャツをたくし上げ、露出した胸元に顔を寄せてきた。

ぷつりと立ち上がった胸の突端を舐められると、ひどく感じてしまう。

「やぁ……」

思わず腰が跳ね、鈴木の手に自らをこすりつけてしまって、もっと昂《たかぶ》る。

「ん、気持ちいいの？　かわいいなぁ」

「や、やだ……そこ、びりびりするから……」

「うん、気持ちいいんだね。女の子よりおっぱいが敏感って激萌え」

「……っ、ほかの人と比べるの、やだ」

「ああ、ごめんね？　誰かと比べてどうとかじゃなくて、まーくんのおっぱい最強」

「そん……あああああっ……！」

小さな先端を舌で転がすように嬲《なぶ》られると、言いようもなく感じて、腰の震えが止まらなくなる。

「ここ舐めると、下も気持ちよさそう」

溢れ出したものをくちゅくちゅと先端に塗り込めるようにされて、正信はかかとをシーツに踏ん張って海老《えび》反《ぞ》りになって悶《もだ》える。

「あっ、あ、あ……ん………っ」

喘ぎすぎて酸素が足りなくなって目が回り、さらに興奮で酔いが余計に回ってくる。

朦朧《もうろう》とした意識の中、快感だけが強烈で、もはや自分がどこで誰と何をしているのかさえわからなくなってくる。

なにこれ？　俺、どうしてこんなになってるの？

確かバーでナンパされて、処女なり童貞なりを捨てられるなら誰でもいいやって思って……。

「あん、あ、あ、あ、やぁ……っ」

乳首を舐められながら興奮を巧みに扱《しご》かれて、正信は両手で顔を覆い、声を裏返して達してしまう。強烈な快感に下肢が震え、自分の腹や胸に生あたたかいものが飛び散るのを感じる。

どうしよう、俺、知らない人にされていっちゃった……。意識が混濁して、再び現状認識が怪しくなっている。

はあはあと全力疾走したあとのように喘いでいると、ぬめりをまとった指がそろりとうしろに這わされる。

うしろの入り口をそっと探られた瞬間、はっと我に返って、正信は足をバタつかせた。

「やっ、やっぱりダメです！」

「痛くしないよ？」

正信は顔を覆ったままイヤイヤをして、回らない舌で訴える。

「僕は、鈴木先生としか、こういうことはしたくないです」

「どうしたの、まーくん？　酔っぱらいすぎていろいろわやくちゃになっちゃった？　ねえ、顔みせて」

顔を覆っていた手を、ぐいっと外される。すぐ目の前に、鈴木の顔があった。

「……鈴木先生？」

「うん。俺っすよ」

「……今、僕をいかせたのは先生？」

「そうそう」

「……なんかすごくいい夢」

鈴木はふっと笑う。

「夢じゃないけど、まあいい夢だって思ってくれてるなら、続きをしてもいい？」

「続き？」

「そう、続き」

「僕とセックスしてくれるんですか？」

鈴木の目に、官能と愛情が入り交じったような濃密な光が宿る。

「させてくれますか？」

「未経験者は面倒くさいとか言わないなら」

「言わないよ」

再び覆いかぶさってきた鈴木に、唇を奪われる。

「んっ……」

蕩《とろ》かすようなキスに気をとられている隙に、うしろの入り口に遠慮がちに指が侵入してきた。

最初はかなりの異物感に身体が竦《すく》んだが、あやすように舌を吸われ口腔《こうこう》の粘膜を官能的に刺激されて、一度頂点を迎えた性感に再び火をつけられると、身体がぐにゃりと蕩ける感じがした。

その瞬間を見定めたように、ぐっと指が奥深くまで分け入ってくる。

「あ、あ……っ」

「平気？」

「……わか……ない……じんじんして……あっあ……ん……」

自分が平気か平気じゃないのかすら定かではなく、もはや理性で制御できない喘ぎ声をあげて鈴木の腕にすがりつくと、慈しむように唇をペロッと舐められた。

「ホントにかわいいね、まーくんは」

「ひゃ……ぁ……」

「痛かったら言ってね？」

そう言いながら、鈴木は初心者の正信ですら焦《じ》れったくなるような慎重さで、そこをじんわりとほぐしていく。

　今まで味わったこともない感覚がじわじわと腰を痺れさせ、じっとしていることができずに、身をよじると、脛《すね》が鈴木の下腹部に触れてしまい、その隆起の感触にドキリとなる。

「……鈴木先生、すごい硬くなってる……」

　舌足らずに正信が言うと、鈴木がふっと笑った。

「あたりまえでしょ、まーくんとこんなふうにしてるんだから」

「……僕なんか相手でも、興奮するの？」

　鈴木は「は？」と呆れ顔になる。

「するに決まってるでしょ。わけわかんないこと言ってると、おしおきしちゃうっすよ？」

「あぁ……あ、あ……」

　いったん抜かれた指が、二本に増やされてそこにそろりと分け入ってきて、正信はそのみっちりとした感覚にかかとでシーツを引っかき回した。

　鈴木が自分に興奮している。しかも、あんなにガチガチになっていたら、一刻も早く自分自身が快感を得たいと思うだろうことは、同じ男として容易《たやす》く想像できる。

　それなのに、初心者の正信のペースに合わせてゆっくり時間をかけてくれていることを思うと、ハートが濡れるような感覚にとらわれ、ただでさえ鈴木に敏感と評される身体が、より一層感じやすくなる。

　声がかれるくらい、じっくりと時間をかけてうしろを愛撫され、三本の指を受け入れられるようになった頃には、官能と酩酊で正信の意識はもう半分飛びかけていた。

「多分、こっちの方が楽だから」

　甘い声で囁かれ、四つん這いにされたが、もはや自力ではぐらぐらして身体を支えることができない。腹の下に枕や毛布を入れ、尻を高く上げる姿勢をとらされると、ほぼ失われかけていた理性が、なけなしの羞恥《しゅうち》を訴えてきて、思わずふらふらと尻を振ってささやかな抵抗を試みたが、

「そんなに煽らないでよ」

　鈴木にしては珍しく切羽詰まったような声でたしなめられた。

　うしろの狭間に、生あたたかく張りのある器官の先端がぐっと押しつけられる。尻たぶを割り広げるように手で摑まれ、圧迫感とともに鈴木のものが体内にめり込んでくる。

「ふぁ……ん、ん……っ、あ、あ……」

　それは生まれてこのかた味わったことのない感覚だった。ありえない場所を外部から押し開かれる違和感と圧迫感。念入りにほぐされたせいで痛みはなかったが、こんなことは尋常ではないと、酔って意識が朦朧としていてもわかるくらい、ただならぬ感覚だった。

「……痛い？　苦しくない？」

息を詰めた声音で背後から囁かれ、不意に、自分が今、鈴木と身体を繋げているのだと理解する。

好きな相手とセックスしているのだと認識したとたん、身体が突如敏感になり、快感だけを拾い上げる装置と化す。

「ああ……っ、あ、あ、あ……」

みっちりと密着した鈴木のものがわずかにでも動くと、粘膜という粘膜が快感で痺れる。

「やっ、ぁ……」

「まーくん、すごい。中がめちゃくちゃ吸いついてくる」

正信は半泣きでシーツをかきむしった。

「だって、鈴木先生のが、中、ぐりって……」

「これ、気持ちいいの？」

じわじわと緩い動きで穿《うが》たれて、正信は泣き声をあげた。

「ああっ……やっ、やだ……」

「いや？　抜いた方がいい？」

「や、抜いちゃやだ、気持ちいいっ、いい、から」

「うん。素直なまーくん、かわいいね」

「……鈴木先生と、セックス、してる」

「うん、してる。めちゃくちゃ気持ちいいセックス」

「好き、好きです、好き……」

酩酊と過ぎた快楽とで、遠のいていく意識の中で、正信は鈴木への気持ちをうわごとのように呟き続けた。

鈴木が何か言っていたが、もはや意識は深い沼へと沈みかけていた。

奥のひどく感じやすい場所を鈴木のもので何往復もこすりたてられ、正信は悲鳴のような喘ぎ声をあげながら、完全に沼の底へと沈んでいった。

7

アルコールを摂取するとひどく寝つきが良くなる半面、短時間で目が覚めるのが常だった。

まだ薄暗い室内で覚醒した正信《まさのぶ》は、一瞬、自分がどこにいるのかわからなかった。

知らないベッドに一人きり。

起き上がった拍子に、あらぬところに違和感を覚え、はっと昨夜のことを思い出す。

ぶわっと顔が熱くなり、一拍遅れて全身から冷や汗が噴き出す。そうだよ、全部覚えてる。ごね倒して鈴木《すずき》先生に抱いてもらったんだった！

一気にいろいろな思いがこみあげる。初体験なのに頭がおかしくなるくらい気持ちよかったとか、念願叶って感無量とか。だがそういうハッピーな感情よりも、動揺の方が大きかった。

とんだ醜態を晒《さら》した気がする。呆れられたかな？　そういえば事後に話があると言っていた。

……聞きたくないな。

下着姿で寝ていた正信は、ベッドの足元にざっとまとめてあった服をそわそわと身に着ける。

そっとドアを開けて廊下に出ると、仕事部屋から明かりが漏れていた。

鈴木が、上半身裸のまま一心不乱にマンガを描いている。長身のせいか普段はひょろりとして見えるが、裸の背中は意外に逞《たくま》しく、あの身体で組み敷かれたのだと思ったら変な声が漏れそうになった。

声をかけようか迷ったが、結局やめた。あんなふうに集中しているときの鈴木は、正信の存在など忘れているはずだ。

いや、それは言い訳だった。

本当は声をかけるのが怖かった。恋心を知られてしまった。お情けで抱いてくれたっぽいけれど、あんなに好き好き言ってしまって、相当重くて面倒くさいやつだと思われたに違いない。

リビングに行くと、ソファからナナが顔を上げて、一声鳴いた。正信は慌てて「しーっ」と人差し指を立ててみせ、玄関の脇に置いてあった自分の鞄《かばん》を掴んで、鈴木の家を飛び出した。

始発まであと三十分ほどだった。缶コーヒーを買ったものの、飲む気になれず、結露していく缶を手に、放心状態で駅前のバス停のベンチに腰をおろす。

身体のあちこちに、鈴木に触られた感触が残っていて、心臓が壊れたみたいにバクバクした。

どうしよう。一回だけでも抱いてもらえたら、いい思い出になるなんて思っていた浅はかな自分を呪いたくなる。あんなことを知ってしまったら、もう以前の自分には戻れない。

人生最大級の混乱に陥《おちい》りながらも、やがて電車が動き出すと正信は自宅に帰り、シャワーを浴びて身支度を整え、出社の準備をした。

なにごともなかったかのように業務をこなしながら、自分の身体がどこか自分のものではないようだった。

仕事をしながらも、ずっと携帯ばかりが気になる。あの集中状態から現実に戻った鈴木は、正信が黙って帰ったことに気付いて、なにか言ってくるのではないか。

いや、その前に、まっとうな社会人としては、一晩泊めてもらいながら挨拶もせずに帰ったことをひとこと詫《わ》びるべきではないか。

どうにもこうにも仕事に集中できないので、正信はトイレに立ち、個室にこもって鈴木にメッセージを送った。

『昨夜は泊めていただいてありがとうございました。お仕事に集中していたようなので、黙って出てきてしまってすみません』

鈴木がなんと言ってくるのか想像すると、心臓が壊れそうだったが、昼になってもメッセージは既読にならなかった。

集中しているときの鈴木は完全に下界との交信を断ってしまう雰囲気があるが、これまでの経験だと、その集中はさほど長くは続かない。

早朝に原稿に没頭する姿を見てから九時間は経っている。さすがにもう集中力は切れているだろう。それとも寝てしまったとか？

もはや気もそぞろで、まったく仕事に集中できない。

正信は思い切って鈴木に電話をしてみた。電話の向こうからは、機械的な女性の声で、電波が届かないところにいるか、電源が切れているというメッセージが流れた。

正信は茫然と電話を切った。

今まで、ＬＩＮＥがこんなに長い時間既読にならなかったことも、携帯の電源が切られていたことも、一度もなかった。

意図的に避けられているのだ。

『どう接していいかわからなくなることもあって、困ってるとも言ってました』

前に藤原《ふじわら》に聞いた言葉をふと思い出す。

そうだよ、鈴木は藤原にこぼすくらい、正信の扱いに困っていたのに、昨日はついにあんなことになって、さすがに面倒くささに辟易《へきえき》したに違いない。

自分のやらかしに呆然とする。不安と、一縷《いちる》の望みを抱いて半日携帯を気にしていた自分を腹立たしく思いながら、電源を落とした。

こんなときにもなすべき仕事があるのはありがたかった。自分が自分でないような、会社員の役を演じているような気分で仕事をこなし、定時後、編集部に向かった。昨日の忘れ物を取りに行くだけなので、事前に連絡は入れなかった。

昨日不自然に帰ってしまったことをどう言い訳しようか、いっそ小宮山《こみやま》が不在ならば荷物だけを受け取って帰れるのに……と考えながら重い足取りで編集部を覗いた正信は、ぎょっと固まった。

打ち合わせスペースで、鈴木が漫画原稿を描いていた。

傍《かたわ》らで岩瀬《いわせ》とともに作業を手伝っていた小宮山が、正信に気付いてパッと笑顔になる。

「音ノ瀬《おとのせ》先生！　ＬＩＮＥが既読にならないので、今日はお忙しいのかなと思っていたところでした」

そう言われて、昼休みに携帯の電源を切ったままだったことを思い出す。しかし、そんなことはどうでもよかった。原稿から顔を上げた鈴木が、こちらを見ていた。いつもと変わらない笑顔にも見えたし、らしくもない作り笑いのようにも見えた。

固まる正信に、岩瀬が封筒を手に声をかけてくる。

「音ノ瀬先生、失礼してこちら拝見しちゃったんですけど、素晴らしいですね！　これ、ぜひぜひ書籍化したいです！」

それは鈴木が描いてくれたあの誕生祝いだった。

だが正信はそれどころではなかった。なにか言葉を発しかけた鈴木に背を向け、一目散に逃げだした。

「音ノ瀬先生？」

昨日とまったく同じことを繰り返している自分に滑稽《こっけい》さを覚えつつ、ちょうど到着したエレベーターに飛び乗り閉ボタンを連打する。

ドアが閉まる寸前、隙間からスニーカーの足が差し込まれ、軽い衝撃とともに再びドアが開いて、鈴木が乗り込んできた。

大きな手で自ら閉ボタンを押し、鈴木は少し怖い顔で正信を睥睨《へいげい》してくる。

思わず箱の隅に逃げようとしたら、鈴木に両腕で囲い込まれてしまった。普段は見せない強引さに、心臓が激しくバクバクしてくる。

「なんで逃げるの？」

「あ……あの、昨日はすみませんでした……」

目を逸らしながら呟くと、

「ホントだよ。黙っていなくなってるからびっくりした」

「いや、そこじゃなくて、あの、いろいろと、とんだご迷惑を……」

「ご迷惑？」

「なんていうか……食べたくもないものを無理強いしてしまったというか……」

また変な汗が出てきて、正信はハンカチで額を押さえた。

エレベーターが一階に到着すると、鈴木はようやく正信を囲いから解放してくれた。並んでフロアを歩きながら、鈴木が呟く。

「俺ね、ときどきまーくんの言動がよく理解できなくて、不思議の国に迷い込んだみたいな気持ちになるっす」

それはこっちの台詞《せりふ》なんだけど。

「なんで無理強いとか思うの？　俺のやり方、そんなに雑だった？」

「そっ、そんなことないです！　めちゃくちゃよくて、一生の記念になりました！」

往来でつい力説してしまい、周囲の視線に気付いてハッと固まる。

「とりあえず、うちで話そうよ」

促されてさらに固まる。本当はもう自宅になど呼びたくないけれど、路上でこんな話をしているのもなんだからと、無理させているのではないだろうか。

正信の沈黙をどう思ったのか、鈴木は少し考え、「じゃあどこかでお茶でも飲もう？」とやや口調を和らげて提案してきた。

駅ビルのカフェの隅っこの席に落ち着くと、鈴木はテーブル越しに正信の顔を覗き込むように身を乗り出してきた。

「ねえ、一生の記念ってどういう意味？　あれ一回で終わりなの？」

正信は目を泳がせる。

「いや、あの……これ以上ご迷惑をおかけするのもどうかと思い……」

「だから、なんでご迷惑とか言うの？」

「……ＬＩＮＥも電話も出ていただけないので、面倒くさいって思われたのかなって」

こういうところこそ面倒くさいんだよと自己嫌悪に陥りながら、正信はコーヒーをぐるぐるとかきまぜた。

「あー！」

いきなり鈴木が大きな声を出したのでびっくりして顔を上げると、鈴木は納得したように一人で頷いている。

「携帯ね、今朝浴槽に放り込んじゃったんだ」

「は？」

「朝、気付いたらまーくんがいなくなってて、なんで逃げるみたいにいなくなっちゃったんだろうって思って」

「……すみません」

「それで考えたんだけど、まーくんは俺と対極にある人だから、やっぱり俺みたいにそっち方面ルーズなやつとつきあうのは無理って、我に返って怖気《おじけ》づかれたのかなぁって」

鈴木は鈴木なりにいろいろ考えをめぐらせてくれたのだと思うと、恐縮してしまう。

「だから、これからはほかの相手と連絡とったりしないし、まーくん一筋だってことを証明しようと思って、携帯を水没させたっす」

つっこみどころの多い話に、正信は眉間《みけん》にしわを寄せた。

「水没……」

「うん。でもそうしたら、仕事先とかまーくんのデータも消えちゃったことに気付いて。多分まーくんは編集部に昨日の忘れ物を取りに来るだろうから、文芸編集部で原稿やってれば、会えるかなって」

「それは……」

鈴木は決まり悪げな笑みをうかべる。

「実はプレゼント用の原稿をウキウキ描いてたら、締切がヤバいことになっちゃって」

「す、すみません、編集部に戻ってください。あの、話はわかったので」

わかったと言っていいのかどうか……。一筋だとか、本業を放り出してまであの原稿を描いてくれたとか、俄《にわ》かには頭の中で整理ができないが、少なくとも面倒だと思われたわけじゃなかったことはわかったし、ほっとした。

「大丈夫、ペン入れは終わってるから。あとは岩ちゃんがなんとかしてくれるし」

「でも」

「それより、どうしてまーくんはそんな頓珍漢《とんちんかん》な考え方するんだろうね？　ゆうべあんなに愛し合ったのに、どこをどう考えたら俺が迷惑がってるなんて思うの？」

「あ、あの……」

「それとも俺の愛し方が物足りなかった？」

覗き込むように微笑まれて、昨夜の古傷が疼《うず》く。いや、傷なんてどこにもついてはいないけれども、比喩的な表現として。

「そっ、そんなことないです！　ただ、あの、僕から強引にお願いしたことだったので、鈴木先生は本意ではなかった可能性もあるのかなって……」

「えー。こっちはもうずっと前から手を出したくてうずうずしてたんだけど」

拗《す》ねたように言われて「は？」となる。

「だって、未経験者はお断りだって……」

「そんな言い方してないっすよ。基本、初めての人とはしない主義だって言っただけで」

「同じことですよね？」

「うーん」

鈴木は腕を組んでしばし考え込む。

「お断りっていうか、俺、ちゃんと恋愛とかしたことないんですよね。初体験がアレだったんで、セックスってゲームとかスポーツ感覚っていうか。だから、自分と似たような考えの人としかしたことなくて」

「でも、誰かを本気で好きになったことはあるでしょう？」

「別に全部父親のせいにするわけじゃないけど、なんとなく身近な見本があんな感じだったから、特定の誰かを好きになるって、どういうことなのかよくわからずに今まできちゃって」

なんだよそれ、と一瞬思ったが、考えてみれば正信も、そこまで本気で人を好きになったことがなかった。自意識過剰で自己愛の強い性格ゆえか、誰かを自分より優先するなんて考えられないまま生きてきた。

鈴木に会うまでは。

「じゃあ、誰かから特別の好意を寄せられたことは？」

「それは何度かあったかも。けど、俺は恋愛向きじゃないからって、その都度お断りしてきました」

ここぞとばかりに食い散らかさないところには、鈴木の人のよさを感じた。たとえ一回きりでもいいから食い散らかされたかったと残念がった人たちもいただろうが。

「まーくんのことは、初対面のときからかわいくて面白い人だなって思ってたんです。俺のアンテナが、遊びで手を出しちゃいけないタイプだって訴えてたから、それ以上のイメージは持たないようにしてたんだけど、あのバーでまーくんから誘惑してきてくれて」

恥ずかしいことを思い出させられて赤面する。

「最初の印象は俺の勘違いだったのかって、嬉しくなって食らいついちゃったら、なんかいろいろフェイントかまされてなにに？　って感じで」

「……すみませんでした」

「これが恋かって思ったっす」

「……は？」

正信は声を裏返した。今、ものすごく話が跳躍しなかったか？　連続ドラマを一週分見逃したみたいな唐突さだったぞ。

鈴木は真面目な顔で続ける。

「だからあのときまーくんに恋に落ちて」

「恋……？　あのとき……？」

「まーくんがべーべー泣き出して、なにかわけのわからないことを言い出して」

……悪かったな、わけがわからなくて。

「俺とは全然違う思考回路とか、それでいて似たような感覚持ってるところとか、面白いしかわいいし。おふざけの戯れとかじゃなくて、愛おしいから思わず抱きしめたくなる感覚をナナ以外に感じたのは初めてだったな」

鈴木が何を言っているのか、うまく理解できない。

「……待ってください。僕、あのとき拒絶されましたよね？」

「いや、いろいろ話したあと、続きどう？　って誘ったよね？」

確かにそんなことを言われたけれど、どう考えてもあれはふざけ半分で……。

「本気で言ってたんですか？」

「うん。だってまーくんに恋に落ちたから」

真顔で言われて、正信は額を押さえる。

「……数分前に拒んでおきながら、直後に恋に落ちるとか、ありえないでしょう？」

「だけど俺、なんでもわりと唐突だから。アイデアが降りてくるのも突然だし」

そう言われると、なんだか説得力があるが、常人の感覚としてはどうも理解しがたい。

「そんでそれからはガンガン口説いていったつもりなんだけど、なんかまーくんの反応いまいちだし、俺を誘惑してきてくれたのって、単に旭《あさひ》さんや壮《そう》ちゃんへの対抗心だけだったのかなって心配になったりもして」

「口説いて……？」

「いろいろ積極的に仕掛けたよね、俺？　さりげなくお尻触ってみたり、パンツの色を訊いたりして、こう色っぽい雰囲気に持っていこうと必死に」

そうだったのか⁉

「いや、あの、完全に社交辞令だとばっかり……」

鈴木は目を見開いた。

「えーっ⁉　マジで？　めっちゃ頑張ってたつもりなのに」

伝わっていなかったことに本気で驚いているらしい鈴木に、正信の方がビックリしてしまう。

なにこの人。めちゃくちゃたらしのくせして、不器用かよ。それとも俺か？

「だけど……鈴木先生が僕にどう接していいのかわからなくて困ってるって、藤原先生にも言われたし」

「ああ、壮ちゃんは恋愛の先輩だから、相談してみたんだ。こっちがそれとなく誘いをかけると、なんかひかれちゃうのはなんでかなぁって」

困ってるって、そっちの意味でかよ！

あっけにとられる正信を見て、鈴木は不安げな顔になる。

「昨夜、まーくんにいっぱい好き好きって言ってもらえて、すげえラブラブなセックスしたなぁって幸せに浸ってたけど、じゃあもしかしてまーくんの中では、俺たちまだラブラブじゃなかったの？」

「いや、なんていうか……」

「だったら、改めて言うね」

テーブルの向こう側で、鈴木は姿勢を正し、真顔で言った。

「ティーバッグひとつで二人分っす」

「……は？」

一瞬、意味がわからなかった。なんだっけ、それ？　なにか聞き覚えが……。

そうだ、前に言葉について話したときに、鈴木がふざけて言っていた。

『じゃあ「愛してる」のことを「ティーバッグひとつで二人分」って言うとか』

あのときのジョークを、まさかこんなところにぶち込んでくるとは思わなかった。

思わず噴き出すと、鈴木は「えー」っと不満そうに口を尖《とが》らせた。

「なんで笑うの？　最高にクールな告白だと思ったのに」

なんだかいろいろ混乱しながらも、ふわっと幸せに包まれる。

以前二人で話したときの些細な言葉遊びをちゃんと覚えていてくれたり、正信のために携帯を浴槽に放り込むという暴挙に出たり。

この人とつきあったら、きっと振り回されたりハラハラしたり、気が休まるひまもない気がするけれど、それも楽しそうだなと、保守的な正信にしては珍しく前向きに思う。

正信は背筋を伸ばして、まっすぐ鈴木を見つめ返した。

「僕も、ティーバッグひとつで二人分です」

正信の言葉に鈴木は会心の笑みを浮かべ、唐突に立ち上がった。

「帰ろうか」

それぞれの家に帰るという意味ではなくて、公共の場から人目のない場所に移動するという意味だと正信にもちゃんと理解できて、頷いて従った。

駅前でタクシーに乗り、鈴木の家へと向かう。

玄関の扉が閉まるやいなや、鈴木は正信をドアに押しつけ、キスをしかけてきた。

今日は酔ってもおらず、キスはひどく甘かった。

うっとりと身を委ねていると、不意に鈴木の動きが止まった。

唇が離れたと思ったら、鈴木は正信を壁に押しつけた体勢のまま、ポケットから油性ペンを取り出し、ものすごい勢いでドアに何か描き始めた。

あれ、なにか降りてきちゃった?

よりにもよって今かよ、と思いはしたが、別に腹が立ったりがっかりしたりということはなかった。書くことを仕事のひとつにしている身としては、鈴木のもとに創作の神様が降りてくる瞬間を目撃することは、いつでもわくわくして楽しかった。

マンガを描くのは鈴木にとって仕事だけれど、仕事だから描いているわけではないんだなと思う。さっき締切をクリアしたばかりなのに、アイデアは無限に降ってくるらしい。

正信は鈴木の腕を抜け出し、足元で八の字をかくナナを拾い上げて、ソファに座った。

オーラをまとった鈴木の背中を眺めていると、幸せな気持ちに包まれる。

両想い。

甘酸っぱい単語を胸の中で呟いて、ナナの毛並みに顔を埋《うず》める。

本当のことを言えば、鈴木のところにマンガの神様が降りてきてくれてほっとしている。

昨日の今日で、またあんな激しい行為に及んだら、とても身体がもたないと思う。ましてや今日は素面《しらふ》なので、余計にビビる。

それよりも今は、まだ信じがたい幸せを心の中でちゃんと咀嚼《そしゃく》して味わいたかった。

鈴木に好きだと言われた。

どうしよう、めちゃくちゃ嬉しい。

ナナの毛並みのやわらかさとあたたかさが、さらなる癒しを呼ぶ。

嬉しい。幸せ。嬉しい。幸せ。オーラをまとった鈴木の後ろ姿を眺めながら幸福にひたるうちに、心地よい疲労感と眠気がさしてくる。

思えば昨夜は酔っぱらって激しい運動をしたうえに、ろくすっぽ寝ていない。

ナナを腕に抱えて、正信は心地よい眠りに身を委ねた。


正信の意識を眠りから呼び覚ましたのは、肌の上を這い回るくすぐったいような感覚だった。

先ほどから胸のあたりを何かが這い回っている。くすぐったくて追い払おうとするのだけれど、それはまたすぐに戻ってきて、胸や脇腹、鎖骨の上を這い回ったのち、今度は唐突に下半身に移動した。腰骨からへその下をたどって反対側の腰骨に。そこから太腿《ふともも》の付け根をさざ波のように移動して、きわどい場所をかすめる。

微妙な刺激に、下半身がうずうずしてくる。くすぐったいけれどそれだけじゃない、官能を呼び覚ますような感覚。

たまらずに横向きに寝返りを打つと、刺激がうしろに移動する。尻の割れ目すれすれのあたりを横につうっとなぞったかと思えば、尻の膨らみに小さな円を描くように触れ、腿と尻の境目を線を引くように撫でて、太腿の内側まで分け入ってくる。

「やぁ……」

ムズムズする刺激が耐え難くて抗議の声をあげてみたものの、それは妙に甘ったるく響いた。

「ごめん、感じちゃった？　もうちょっとだけじっとしててね」

背後から鈴木に冷静な声で囁《ささや》かれて、正信ははっと覚醒した。

あれ、なんだっけ？　確か鈴木先生と一緒に帰ってきて、絵を描いているのを見ながらソファでうとうとしちゃって……。

正信が寝ているのは、ソファではなくてベッドの上だった。鈴木が運んでくれたようだが、それすらわからないほど熟睡していたらしい。

それどころか、横向きに背中を丸めるようにして寝ている自分の身体に着衣がないことに気付く。いつのまにか、全裸になっている。

「……え？　なんで……あっ」

再び尻のあたりにこそばゆい感覚があって、びくっと身をよじると、

「動かないで！」

真剣な声で言われて、思わず「ごめんなさい！」と謝ってしまう。

ふと顎《あご》を引くと、胸のあたりになにやら模様を描かれていることに気付いた。今、尻の上を動き回っているのもペン先なのだろう。

「なにしてるんですか⁉」

不安になって訊ねると、鈴木は平然と答える。

「まーくんの無防備な寝顔を見てたら、突然ムラムラと創作意欲が」

ムラムラって……。

「アイデアが降りてきたなら、ちゃんと紙に描いてください！」

「これはどうしてもまーくんの裸体という無垢《むく》なキャンパスに描きたくて」

「なにわけのわからないことを言ってるんですか！　やめてください」

「もうすぐ完成だから、あとちょっとだけ我慢して？」

そう言って今度は正信の身体を仰向けに戻し、脚の上にまたがって抵抗を封じると、鼠蹊部《そけいぶ》に繊細な筆使いでこしょこしょとなにか描きこんでいく。

そんな場所を凝視されながら筆を動かされるのはたまらなく恥ずかしかった。しかも今や鈴木は正信の恋人なのだと思ったら、さらなる羞恥《しゅうち》に襲われる。

「あっ、やぁ……やだ、それ、やだって……」

「だけど、まーくんのまーくんはやだって言ってないよ？」

身をよじって抵抗する正信の気持ちとは裏腹にふらふらと立ち上がった場所を、筆のようになったペンの先で鈴木がちょんちょんとつついてくる。

「やっ……！」

淫靡《いんび》な刺激に先端から体液が滲《にじ》み出《だ》したのを感じる。正信は両手で顔を覆って、腰をもじつかせた。

「意地悪してごめんね？　はい、完成」

鈴木は正信の身体から離れると、ベッドの足元のクロゼットの扉を開けた。内側が姿見になっていて、正信が身を起こすと、そこに全身が映って見えた。

「な……」

黒いレースのブラジャーと、お揃いのセクシーな紐《ひも》ショーツをまとった自分がそこにいる。

予想だにしない絵面に目を剝いてしまう。

「へ……変態……」

思わず呟くと、鈴木が噴き出した。

「まーくん、ひどい！」

「いや、笑い事じゃないし、ひどいのは鈴木先生ですからっ！　なんてことをしてくれたんですか！」

「え、でも似合うよ？」

「鈴木先生にそんな倒錯した趣味があったなんて」

「いや、全然ないんだけど。まーくんのきれいな裸を見てたら、自然にペンが動いてたっていうか」

芸術家っぽい顔で言っても許さないし。

こんな辱めに怒らないやつはいないぞと思ったのだが、

「まーくん、ホントかわいい」

ベッドに戻ってきた鈴木が、正信の後ろから鏡に映り込んできて、幸せそうな顔でうなじにキスをしてくるので、怒気が沈静化してしまう。

「こんなふうにしても全然女の子っぽく見えないし、かといって悪趣味にもならないし、ひたすら天使の美しさでエロかわいい」

いやいや充分悪趣味だろうとは思うが、正直、じっと見ていると似合わなくもない気がしてくる。別にかわいくもないし天使でもないが、なんとなく自分で自分のその姿に煽《あお》られる。

鈴木が背後でTシャツを脱ぎだした。

「……なにしてるんですか?」

おそるおそる振り返ると、すでにデニムを脱ぎにかかっている。

「なにって、まーくんといちゃいちゃするに決まってるでしょ。お待たせしちゃってごめんね?」

「いえ、お待たせとかしてないし、昨日の今日で、あの、またああいったことをするのは、ちょっと身体的に無理があるので……」

「大丈夫。さっきじっくり確かめてみたけど、全然傷とかついてないし、腫《は》れたりもしてなかったよ？」

「……!?」

じっくり確かめたって、平然と何を言ってやがる。

「昨夜のまーくんは酔っぱらってて、ちょっとあんまり細かいこと覚えてなさそうだから、今日が初夜ってことで、いっぱい愛し合おうね？」

甘い声音で囁かれて、正信は身を硬くした。

「いえ、ちゃんと細部まで覚えてますから！」

「ホント？　じゃあそれを上回る楽しい時間を約束するよ」

そんなサービス精神って……。

もちろん想い想われる関係になれたことにはすごく幸せを感じているのだけれど、こういったことに無縁で生きてきた身には、諸々の意味で刺激が強すぎる。

「とりあえず、これ、落としてきます」

身体の落書きを洗い流すべく立ち上がろうとしたが、後ろからタックルするみたいに捕まえられて、ベッドに引き倒される。

「だーめ。せっかく似合ってるのに」

背後から覆いかぶさってきた鈴木は、正信のうなじに唇を寄せて、左の脇腹をそろりと撫でてくる。

「ふぁ……」

「昨夜発見したんだけど」

「やっ、やだ……」

「まーくん、脇腹とこっちの首筋が弱いよね」

「ん……」

鈴木の指摘通り、シーツに押しつけられた下腹部が疼きだす。

「あと、ここも」

尻と腿の狭間《はざま》を爪の先でそろりと撫でてくる。

「あっあ……」

「敏感なとこ、すげえかわいい」

「やだ」

「感じちゃうとすぐ『やだ』って言うところも」

なにもかも見透かされているのが恥ずかしくて、ぎゅうっと目を閉じてシーツに顔を押しつける。目から入る情報がなくなったら、身体がもっと敏感になって、鈴木の手や唇の動きにいちいち喘《あえ》いでしまう。

核心に触れられないまま、あちこちに微細な刺激を加えられ、遠火であぶられるように身体中が火照り昂《たかぶ》っていく。

「まーくん、身体中ほんのりピンク」

「だって……」

「うん、気持ちいいんだよね？」

ころっと仰向けられると、塞がれていた視界が一気に開け、嬉しげにこちらを見下ろしている鈴木と目が合ってしまう。

改めて、自分が鈴木と愛し合っていることを自覚し、否応《いやおう》もなく身体が反応してしまう。

「ねえ、まーくん」

鈴木がうっとりと呼びかけてくる。

「なんですか？」

「昨日し損ねたこと、してもいい？」

なにごとだろうと身を硬くする。

「ああ、大丈夫、痛いこととか怖いこととかじゃないから。気持ちいいことしかしないよ？」

そう言って、鈴木は下の方へと身体をずらしていく。

え、なに？　……まさか!?

慌てて頭を起こしたときには、正信のものは鈴木の唇に吸い込まれていた。

「なっ、なにを……あ、やぁ……」

目がくらむような刺激に、正信は知らず海老反《えびぞ》りになって身悶《みもだ》える。

正信の反応に気をよくしたように、鈴木の舌が敏感な裏側の部分に巧みな刺激を与えてくる。

「やっ、やだ、や……！」

「うん、めっちゃ気持ちいいんだね？」

「ち、違くて、やっ、それ、やだ……」

恥ずかしいのと、感じすぎて頭がおかしくなりそうなのとで、鈴木の頭を押しのけようとするのだが、その手を易々とのけられてしまう。

「うん、俺とまーくんの間では、『やだ』は『最高』っていう意味だよね」

「違いま……あっあっ……や、だめ、やめて、そんなふうにしたらいっちゃう、いっちゃうからあ……」

「じゃあ、一回休憩ね」

「あ……」

心底やめてと思ったのに、愛撫を中断されると、ものすごく痒《かゆ》いのに掻けないときのような、なんともいえないもどかしさを覚える。

「こっちがヒクヒクしてるね」

「ひっ……！」

不意を突くように、唾液で濡れた指先がうしろの穴に潜り込んでくる。

「ぁ……」

「昨日よりやわらかい。ほら、痛くないでしょう？」

器用な指でやさしく中を広げながら、再び屹立《きつりつ》に舌を這わせてくる。

いきそうになると中断し、身悶えるとそろりと再開する愛撫に翻弄《ほんろう》され、正信が自分からもういかせてと懇願する頃には、うしろもすっかりやわらかくほぐされていた。

昨日と同じように四つん這いにさせられ、背後からゆっくり穿《うが》たれると、熱い風呂に入った瞬間の感覚を何百倍も増幅したみたいに、じわじわびりびり背筋が快感に痺れる。

「あっあ……いっ……」

「ごめん、痛い？」

「違う、いっちゃう……」

「うん、いいよ？　我慢しないでいっちゃっていいから」

「や……」

昨夜のフィニッシュのあたりのことが、うっすらと記憶に残っている。いっている最中にうしろを穿たれて、身をよじってもがきたいような感覚に陥った。アルコールのせいもあって、そのまま気を失ってしまったのだが、あの度を超した快感は怖すぎる。

「先に、先に先生が、いってください」

「うーん、まーくんの頼みでもそれは無理っす。もっとまーくんの中にいたいもん」

「もんって……ぁ……やぁ、前、触っちゃや……」

「すごい。これ、もう限界でしょ？」

「ぁ……あ、あ……っ！」

巧みな指使いで扱《しご》き上《あ》げられ、正信はシーツをぐしゃぐしゃに握り込んだ。白濁がぱたぱたとこぼれてシーツを汚す。

鈴木が動かずにじっとしていてくれたおかげで、今日は失神するようなことはなかったけれど、快感は大きくて、呼吸が落ち着くまで少し時間がかかった。

「大丈夫？」

「だい……じょうぶ……じゃな……あ、待って、動かないで……」

「じゃあ、まーくんに動いてもらってもいい？」

「……え？」

「ゆっくり上半身を起こして、俺に体重を預けてみて？」

よく意味がわからないまま、鈴木の手にエスコートされて身を起こす。

「え？　や……ちょっと待って……あ……」

ぐっと上体を起こされ、うしろで繋がったまま、胡坐《あぐら》をかいた鈴木の上に乗っかるような体勢にされてしまう。

焦って前に逃れようとすると、背後から回ってきた鈴木の腕に阻止される。

「前、見て」

「……まえ？」

視線を上げると、鏡の中の自分と目が合った。鈴木と繋がっているところまではっきり見えて、ぶわっと視界が赤く染まる。

手描きの淫靡な下着をまとった正信の身体を、鈴木の大きな手のひらが這いまわる様子は、なんとも扇情的だった。

「やっ、やだ……」

「絶景だよね。満場一致で世界遺産に認定されそう」

嬉しそうに言う鈴木の手を、ベシベシ叩いて逃れようと試みるが、下からゆるっと腰を動かされると、抵抗が覚束《おぼつか》なくなる。

まさかこういうことに関して初心者の自分が、こんな高次元のプレイを挑まれ、しかもこんなふうに感じてしまうなんて、想像したこともなかった。

「あっ、やぁ……」

「ねえ、まーくん、どうしよう……」

「……なに？」

「好きな子とするセックスが、こんなにすごいって知らなかった」

「な……に言って……」

人が聞いていたら、こういうのがプレイボーイの手管だと思うかもしれない。

だが、身の内に鈴木を受け入れている正信には、それが口先だけの睦言《むつごと》でないことがわかる気がした。

この快感は、相手が同じくらい感じていなければ得られない類の昂揚だということが、不慣れな正信にも本能で理解できた。

繋がった部分のみならず、正信の身体中に唇や手のひらで快楽を与え続けていた鈴木は、ふと、正信の平らな胸元をまさぐる手を止めた。

「まーくんのかわいい乳首を見てたら、いいこと思いついた」

「え……？」

「こんなきれいな色の実がなってたら、絶対みんな見逃さないと思う」

そう言って鈴木は、ベッドの上に放り出してあったペンを手に取り、背後から鏡を使って正信の胸元に小鳥を描き始めた。

下着の絵の上の部分にとまった小鳥が身を屈《かが》めるようにして、くちばしを正信の乳首の先にのばしている。

「やぁ……っ、や、やだっ」

性感のメーターが振り切れるくらい敏感になっている身体に、そろそろと動かされるペン先の刺激はたまらなかった。ましてや鏡に映る視覚の刺激も相まって、全身がぞわぞわと粟立つ。

乳首を咥《くわ》えるようにくちばしを描かれた瞬間、うしろが勝手に収縮し、体内のものをぎゅうぎゅう締めつけてしまい、その感覚にまた自分で昂ってしまう。

「ん、ここ？　まーくんのイイところ？」

鈴木は輪郭《りんかく》をとったくちばしを、ペン先でそろそろと塗りつぶしてくる。繊細なペン先の動きで敏感な部分を小刻みに刺激されると、感じすぎて気が変になりそうだった。

「あぁ……ん、あん、あっ……」

そんなことで感じまくってしまう自分が恥ずかしくて、正信は鈴木の手の甲に爪を立て、鏡の中の鈴木を睨《にら》みつけた。

「もう！　変態！　大っ嫌い！」

やおら、鈴木の手からペンがぽとっとベッドに落ちる。

「え、ごめん、すごいかわいいって思ったのに、いやだった？」

鏡越しに悲愴《ひそう》な表情で問われて焦る。

鈴木は純粋に……というのもおかしな表現だが、芸術家気質と本能の赴くままに素直に行動しているだけで、変態はむしろ感じまくっている自分の方かもしれない。

「ちが……僕、感じちゃうのが、恥ずかしくて……」

「えー、なんで？　俺はまーくんが気持ちいいの、めっちゃ嬉しいし萌えるのに？」

そう言うと、鈴木はその器用な指先で、小鳥のくちばしの部分をたどってきた。

「小鳥が食べちゃう前に、俺がもらっちゃおう」

指先でゆるっとつままれて、正信はびくんと背筋をのけぞらした。

「あぁっ」

指先をやさしくこすり合わせるようにされながらゆるゆる腰を動かされると、なけなしの理性がどんどん溶解していく。

「やぁ……っ」

鏡の中から、あられもない部分で繋がった鈴木と正信がこちらを見つめている。鈴木の器用な指先につままれた乳首はまさしく赤い果実のようにぷっくりと尖っている。

鏡の向こうの正信は、快楽に目を潤ませ、自分でも見たことがないような蕩《とろ》けきった顔をしていた。奥を刺激されて身をよじるたび、身体に描かれた下着のラインがエロティックに歪む。

「……こんな俺、大っ嫌い？」

鈴木が耳たぶに唇を触れさせながら囁いてくる。鏡の中の鈴木から情愛が滴るような瞳で全身をじっとりと眺め回されて、正信は身体中を薄桃色に染めながらぶんぶんと首を振った。

「……ちがう……大嫌いっていうのは、あっあ……ふぁ……だ……大好きって、いう、意味で……っ」

「ホント？　よかった。俺も大好き、まーくん」

少しずつ腰使いを遠慮のないものにしながら、鈴木は甘くかすれた声で言う。

「あのね、俺、セックスは健全なスポーツだと思ってたから」

「あっあ……そんなにしたら……っ……」

「十四のときに手ほどきしてもらって以来、ずっとセーフティーセックスを厳守してて」

「んっ、あ、あ……っ」

秘密を打ち明けるいたずらっ子のような口調で、鈴木は言う。

「ナマでするのは、まーくんが初めてなんだ」

「ふぁ……っ……！」

そんなことでこんなに感極まってしまう自分ってどうよと思ったものの、『初めて』の威力は半端なかった。

身体が痙攣《けいれん》するくらい奥がぎゅうっと締まり、その狭い場所をさらにこすりたてられながら同じリズムで前を扱かれて、正信は快感に半泣きになりながら、もう昨夜から数えて何度目か知れない頂点に身を震わせる。

「あ……っ、だめ、だめっ……」

「まーくんの中、気持ちよすぎて溶けちゃいそう……」

絶頂の最中にさらに奥を穿たれて、正信は前に逃れるようにシーツをかきむしった。一拍遅れて絶頂を迎えた鈴木が、ぐっとのしかかってきて、中に熱い迸《ほとばし》りを感じる。

過ぎた快楽に神経が剝き出しになったみたいに過敏になり、視界がちかちかする。

昨夜に続き意識を保つのが困難になって、正信はシーツに爪を食い込ませながら気絶した。

8

金曜日の夜、打ち合わせに訪れた正信《まさのぶ》を、小宮山《こみやま》は満面の笑みで迎えてくれた。

「ちょうどよかった！　たった今、新刊見本があがってきたところなんです」

長テーブルの上の段ボール箱から小宮山が取り出して渡してくれたのは、鈴木《すずき》が誕生祝いに描いてくれたコミックエッセイを書籍にしたものだった。

小宮山に強く説得され、鈴木も「まーくんさえよければ、俺は全然オッケーっす」とのことで、あれよあれよという間に刊行の運びとなった。

自分と鈴木の名前が表紙に並んでいるのは、なんだかくすぐったくて感慨深いものがある。

「売れなかったら鈴木先生の名前に傷がつきそうで、緊張します」

「絶対売れますって。校正で散々目を通したのに、今、ついまた読《よ》み耽《ふけ》ってたんですけど、やっぱりすごく面白いです」

「小宮山さんにそう言っていただけるとほっとするけど、面白いのは、九割方鈴木先生のおかげです」

「そんなことないですって。小説も動きがいいって営業から連絡あったじゃないですか。次回作も楽しみです」

先月上梓《じょうし》した新刊は、書評サイトなどでもこれまでより幾分好意的な感想が多い印象で、正信もそれなりの手ごたえを得てはいた。恐れていたような「凡庸《ぼんよう》」という意見はほとんどなくて「いつもより読みやすくて入り込めた」という感想が多く、憑《つ》き物《もの》が落ちたような気分だった。

「あ、こちらの部数、お伝えしましたっけ？　初版五万からということで」

そう小宮山に言われて、正信は手にしていた本を落としそうになった。正信の単行本は初版一万だ。

「だ、大丈夫なんですか、そんなに刷って？」

「大丈夫どころか、即重版だと僕は思ってます。これを機に音ノ瀬《おとのせ》先生の知名度もさらに上がって、小説にも重版がかかると踏んでいます」

小宮山は真顔で言う。褒《ほ》め上手《じょうず》だけれど口先だけのお世辞は言わない担当だから、本気でそう期待してくれているのだろう。作家に対する小宮山の愛情に、胸が熱くなる。

「あれ、音ノ瀬先生、時計のあとがついてます？」

正信の手元に、小宮山が怪訝《けげん》そうに顔を近づけてきた。正信は慌ててパッと手を隠した。

「あー、いえいえ、なんでもないです」

手首には数日前に寝ている隙に鈴木に描かれた腕時計が、まだうっすらと残っていて、普段は本物の腕時計に隠れているのだが、ずれるとチラチラ見えてしまって困っていた。

時計の落書き程度ならまだいいが、人に知られたら羞恥死《しゅうちじ》にするような場所に、とんでもないものを描かれてもいる。

つきあい始めた最初のあのとき以来、鈴木は正信の身体に絵を描くのを、いろいろな意味ですっかり気に入っている。

ともに迎えた正信の誕生日の朝には、目が覚めたら左手の薬指に巨大なダイヤモンドの指輪が描かれていて、消すのがもったいなくて、一週間ほど絆創膏《ばんそうこう》で隠して会社に行った。

嬉しいけど、楽しいけど、一応会社員としての顔も持つ……というか現時点ではまだそちらが本業の正信としては、自由奔放すぎる鈴木の愛にあたふたしてしまうことも多々あったこの夏だった。

「ちーっす！」

そんなことを考えていたら、背後から鈴木の声がした。

振り返ると鈴木は正信の目を見て嬉しそうに満面の笑みを浮かべる。正信もはにかみながら微笑み返した。

「ああ、鈴木先生、こんばんは」

「どうもどうも。岩《いわ》ちゃんのところに原稿届けに行ったら、こっちに新刊見本が届いてるって聞いたので」

「おかげさまで、いいものが出来上がってきました」

小宮山は恭《うやうや》しい手つきで鈴木に一冊差し出した。

「わー、まーくんと名前が並んでる。ラブラブだね？」

にこにこと同意を求められて、正信は返答に困る。鈴木はどこまでも天真爛漫《てんしんらんまん》だが、人前でそんなことを言われて、どう返せというのか。

小宮山は自分たちの関係に気付いているのだろうか。

「書店さんに並ぶところが楽しみですね」

しかし小宮山はなにもかもをスルーした大人の笑みで、にこにこと言い、

「あ、せっかくだから音ノ瀬先生と打ち合わせしている間に、鈴木先生に二十冊ほどサインをいただこうかな」

ちゃっかりと傍《かたわ》らのテーブルに本とペンを並べて、販促用のサインを頼んでいる。

正信が雑誌用の短編の打ち合わせをしている間、鈴木は鼻歌交じりで本にサインをしていた。ただのサインではなく、一冊一冊イラストを描き、カバー下にもこっそり絵を描いてみたり、あ

とがきのところに手書きでなにか書き添えたりしている。サービス精神というより、本当に何かを描くのが好きなのだろう。見ていると自然と顔がほころんでしまう。

打ち合わせを終え、鈴木と一緒にエレベーターに乗ると、扉が閉まった瞬間に、鈴木は正信の尻をすりすり撫でながら、こめかみにキスをしてきた。

「まーくん、二日ぶりだね。今日もスーツかわいい」

「ありがとうございます」

いや別にスーツはかわいくないけどと思いつつも、鈴木が自分に見せてくれる愛情は、全部嬉しいので素直に礼を言っておく。

つきあい始めてから、鈴木は挨拶代わりに小宮山や藤原《ふじわら》の尻を摑んだり肩を組んだりするのをぴたりとやめた。そこまで自分に気を使ってくれなくても大丈夫だと話したら、「気を遣ってるわけじゃなくて、まーくん以外の尻に誘惑を感じない身体になった」と大真面目な口ぶりで言われて、どんな顔をしたらいいのかわからなかった。天性の遊び人だと思っていた男は、意外にも誠実な人だった。

「まーくん、ホントにスーツ似合うね」

「ジャパニーズ・サラリーマンの制服、量販店のスーツですけど」

ちょっと自虐気味に言うと、鈴木は軽く腰を屈《かが》め、顔を寄せて囁《ささや》いてくる。

「帰ったら、オーダーメードのスーツをプレゼントするね」

「そんな高いもの、いただけません」

「無料だから気にしないで。まーくんの身体に、直《じか》に描いてあげる」

またそのプレイかと赤面する。

「お気持ちだけありがたくいただきます」

「遠慮することないって」

「遠慮というか、あの、このまえの象さんもまだうっすら残っていて困っているので」

「気にすることないよ。どうせ俺以外がまーくんのかわいい象さんを見ることはないんだし」

「いや、あの、象さんはともかく、スーツを描いたら見えちゃうじゃないですか。襟元とか袖口とか」

「じゃあ、今日は水性で描いて、事後に俺が責任持ってきれいに洗ってあげる」

「……本当に水性で？」

「うん、絶対！」

「それなら、まあ」

バカップルを極めた会話を交わしているうちにエレベーターは階下に着き、鈴木はいそいそと正信の手を引いて、空車のタクシーに手を上げる。

運転手に行き先を告げ、タクシーが走り出したとたん、鈴木が「あ」と小さな声をあげた。その声と、空を見つめる目つきだけですぐわかる。どうやらアイデアが降りてきたらしい。鈴木はポケットからサインペンを取り出すと、運転席の背もたれにいきなりなにか描こうとする。

「ダメですって！」

正信は小声で諫《いさ》めると、スーツの上着を脱いで、自分のワイシャツの腕を差し出した。鈴木は遠くをさまよう目で、一心不乱に袖に絵を描き始める。

挨拶代わりに誰にでも誘いをかける癖はすっかり影をひそめた鈴木だが、こういうところは全然変わっていない。締切明けだろうが、デートの最中だろうが、ひらめきがあればすぐに創造の世界に没頭してしまう。

なんだよ、さっきまでエッチなお絵描きのことで盛り上がっていたくせに。と、多少拍子抜けしなくもない。

でもこれに関しては、変わってほしくなかった。奇抜で天才肌の鈴木が好きだし、物語を生み出すことを生業にしているものとして、とても尊敬している。

あっという間にカフスまでアイデアで埋め尽くした鈴木は、なんのためらいもなく正信の手の甲に続きを描き出した。

「……それ、油性ですよね？」

訊ねてみたが返答はない。

まあ週末だし。月曜日までには消えるだろう。

鈴木に右手をがっちり摑まれたまま、正信はさっき小宮山にもらった新刊見本の表紙を眺めた。

嬉し恥ずかしの共著。

思いがけない幸運は、自分をどこに連れていってくれるのだろう。

分不相応の幸せに振り落とされないように、自力で初版五万いける作家になりたいな。

そんな未来どころか、帰宅後の展開すら予想がつかないけれど、そういうところが面白いなと思いながら、正信は鈴木の左肩にそっと体重を預けた。

初恋バージング
MOMO
PLASTIC ERASER
Tomboo

シャワーを浴びた小宮山旭《こみやまあさひ》が、濡れ髪をタオルドライしながらリビングを覗くと、藤原壮介《ふじわらそうすけ》がソファで本を読んでいた。その姿勢の美しさに、しばし見惚れる。

壮介は良家の子息で、本人にとってその出自はコンプレックスでしかないらしいのだが、そうと気付かず身につけてきた美点がたくさんあると思う。

旭は帰宅したらまずそのソファにだらしなく寝そべってテレビを見たりスマホを見たりして過ごし、そのうちうつらうつらして、顔面にスマホを落としたりしてしまう生粋《きっすい》のいまどきっ子だが、壮介はくつろぎの誘惑オーラを放つソファでも姿勢を崩すことなく、端正な佇《たたず》まいで本に目を落としている。人の家だから遠慮しているということでもなく、どこにいてもだいたいこんな感じだ。

食事の仕方も美しいし、金や物にガツガツしたところがないのも、育ちの良さゆえだろう。引きこもりのひまつぶしで筋トレをしていたという、ほどよい細マッチョの体形や、インドア派ゆえの色の白さなども、全体的に品よく、旭の好みのど真ん中だった。

いや、旭の嗜好《しこう》が特殊というわけではなく、壮介のそういう属性は多くの女性の好みにフィットしていて、露出を増やすようになってから女性読者が急増している。そこは旭の戦略通りで、非常に満足している。自分が担当する作家をうまくプロデュースして後押しできることは、編《へん》集者《しゅうしゃ》冥利《みょうり》に尽きる。

仕事を離れて一個人の正直な気持ちを言えば、壮介があまりにもモテることは不安だし面白くない。だが、それは恋人としてこっそり胸に秘めている想いであって、担当編集者としては、今後も一人でも多くの読者が壮介の本を手に取ってくれるように、あらゆる手段を講じていくつもりでいる。

ちょうど最後のページを読み終えたらしい壮介は、深く息をついて本を閉じた。集中が解けると同時に視線を感じたのか、顔を上げて旭の方を見る。黙っていると陰鬱《いんうつ》そうに見えるその顔に、ふわっと明るい微笑みが浮かぶ。

「シャワー、さっぱりしました?」

「うん。なにを読んでたの?」

「音ノ瀬《おとのせ》さんの新作です」

壮介がこちらに向けてきた単行本の表紙を見て、旭はメガネ越しに目をすがめた。

「あれ? 発売日ってあさってのはずだけど……」

「昨日、鈴木《すずき》さんとごはんに行ったときに、音ノ瀬さんもみえて、著者見本を一冊いただいたんです」

「そうだったんだ」

新刊見本は通常発売日の十日から一週間くらい前に十冊ほど著者の元に届けられることになっ

ている。

　旭は壮介の隣に腰をおろして、新刊を覗き込んだ。

「その栞《しおり》……」

　本に挟まっている紙片を指さすと、壮介ははにかんだような表情を見せる。

「本と一緒に、音ノ瀬さんにおねだりして名刺をもらったんです。旭さんに教わった通り、ちゃんと両手で受け取りましたよ」

　社会経験が乏しいことがコンプレックスの壮介は、会社員とか名刺とかいうものに多大な尊敬を抱いている。そんなところもまたかわいらしいなと思ってしまう。

　今まで友達らしい友達もいなかった様子の壮介が、鈴木や音ノ瀬と親交を深めつつあるのは非常に微笑ましいことだった。

「それより旭さん、」

　壮介は目を輝かせて、旭の方に身を乗り出してくる。

「音ノ瀬さんの新作、ものすごく面白かったです！」

「でしょう？　いいよね、今回」

　壮介はうんうんと何度か頷いてから、ちょっと考える顔になる。

「旭さん、体育って得意でした？」

唐突になんだよと思いながら、旭は「うーん」と記憶をたどる。

「陸上とかは苦手だったけど、球技はまあ好きだったかな。野球とかサッカーとか」

「俺は真逆で、走るのはまあまあだったけど、チームプレイっぽいのはものすごく苦手で」

わかる気がする。

「自分が苦手で詳しくないせいもあるけど、そもそも野球の監督とかって、なんのためにいるのかわかんなくて。別に采配を振る人がいなくても、全員がホームランを打てば勝てるわけだし」

「それはそうだけど」

いかにも天才肌らしい突飛な考え方だ。

「正直、担当編集者っていうのも、監督と同じくらい意味がわからない存在だなって、最初は思ってたんです」

唐突な話は、そこに繋がっていくらしい。

「でも、旭さんに出会って、監督の存在意義がわかりました。旭さんってすごいよね」

「いや、僕は監督じゃないけど」

「『教室の魔女』もそうだったけど、音ノ瀬さんのこの本も、旭さんがいなかったら生まれなかった一冊だと思う。音ノ瀬さんらしさはそのままなのに、驚くほどすうっと入っていける作品になってて」

「いやいや、それは僕じゃなくて音ノ瀬先生の力だから」

「だけど今まで発揮できなかった真価が急にこんなふうに花開いたのは、旭さんの力があってこそでしょう？　やっぱすごいよね、旭さんって」

自分の手腕にはそれなりの自信を持って生きてきたが、恋人からそんなふうに手放しで褒《ほ》められると妙に気恥ずかしくてもじもじしてしまう。

「運よく才能豊かな作家さんばかりを担当させてもらっているだけだよ。それより本の感想はぜひ本人に伝えてあげてよ。藤原くんから感想をもらえたら、めちゃくちゃ喜ぶと思うよ。連絡先の交換もしたの？」

「うん、一応」

「じゃあほら、早速なにかひとこと言ってあげて」

照れ隠しで矛先を逸らすと、壮介は素直に携帯を取り出して、五分ほどかけて音ノ瀬になにやらメッセージを送った。すると、すぐに返信が届いた。それを一読した壮介は画面を旭の方に向けてきた。

「音ノ瀬さんも旭さんのおかげだって言ってるよ」

画面には感激の涙を流すにゃんスクのスタンプとともに、メッセージが綴《つづ》られていた。

『お忙しい藤原先生が早速読んでくださって、しかも面白かったと言っていただけて、嬉しすぎて今夜は眠れません！　このメッセージ、永久保存にしておきます。これもすべて、小宮山さんのご指導のおかげです』

「いや、そこはほら、大人の社交辞令っていうやつで」

「俺にとって旭さんは唯一無二の人なのに、旭さんはみんなに尊敬されて愛されてて、なんか嫉妬心が湧いちゃうし、旭さんを取られたらどうしようって焦っちゃうな」

壮介は気まずげに視線を伏せ、ちょっと子供っぽくむくれてみせる。

年下の天才作家の嫉妬は、旭の心を甘美にくすぐる。引きこもりのときとは違う。今やどんな相手でも選び放題の立場なのに、変わらず一途に想いを寄せてくれるのが嬉しい。

その嫉妬や焦りの矛先が、ほかの作家の才能に向かわないのが、いかにも壮介らしい。

天才だからほかの作家になど目もくれないとか、そういうことではまったくない。壮介は書くことには貪欲だが、それはあくまで自己表現の手段であって、作家という職業への執着ではない。だから誰かと自分を比べたりしない。

一方音ノ瀬は、自分の書くものの内容以前に、作家であることに対して強い矜持《きょうじ》と執着を持っているタイプだ。それはそれで、素晴らしいことだと旭は思っている。

無垢《むく》な天才肌も、自尊心が原動力のタイプも、それぞれに良さがある。

とりあえず今はプライベートなので、壮介のかわいい嫉妬心を純粋に愛おしく思う。

旭はそっと壮介の手を取って、その甲にくちづけた。

「そんな嫉妬、全然必要ないのに。仕事外のときの僕が誰のものか、きみがいちばんよく知ってるでしょう?」

「旭さん……」

壮介が紅潮した顔で旭を見つめてくる。こういう瞳で見つめられると、七歳の年齢差を強く意識する。まるで無垢な子犬みたいに、ただひたすら旭への愛を訴える瞳。

かわいいなぁと思ってにこにこ見つめ返していたら、子犬は一瞬にして獰猛《どうもう》な大型犬へと変身して、旭をソファに押し倒してきた。

「うわっ!」

髪を拭《ふ》いていたタオルが、ひらりと床に落ちる。

「旭さん、大好き」

「ん……っ」

熱烈なキスで唇を塞がれ、大きな手で身体中をまさぐられて、旭はソファの上でジタバタと身《み》悶《もだ》えた。

「……っ、わかった、わかったから、とりあえず髪の毛を乾かしてくるから、そうしたらベッドに行こう?」

「やだ。いますぐ旭さんが欲しい」

壮介は有無を言わせず旭のTシャツに手をかけ、頭から引き抜く。

なにごとにもガツガツしたところのない坊ちゃん育ちの壮介が、唯一ガツガツするのが旭を求めてくるときだ。

「……っ……ん……」

男二人でもつれあうにはソファは狭くて、身動きもままならない。ソファの背もたれと肘掛けの角に押し込まれるような体勢で濃厚なキスをされて、旭の呼吸はあっという間にあがっていく。

「待って、ねえ、ベッドで……」

「待てないよ。一週間ぶりだもん、旭さんとするの」

「あ……」

残暑厳しい季節だというのに、壮介の手で撫で回された胸元にぞくぞくと鳥肌が立っていく。一緒に立ち上がった胸の小さな突起を、壮介が舌でざらりと舐《な》めてくる。

「やぁ……」

「や、じゃないでしょ？　ここ、旭さんが好きなとこ」

「やだ……」

「嘘だよ。ほら、旭さんの身体は気持ちいいって」

胸元を舌で刺激されながら、充血し始めた下半身をスウェットの上から撫でられると、身体が勝手にびくびく震えた。

「旭さんは俺の監督なんだから」

「ひ……なに言って……」

「ちゃんと俺の才能を伸ばしてよ」

「やっ、あ、あ……」

「いいところはちゃんといいって言ってほしいし、してほしいことはちゃんと教えて？」

なんの話だよと、旭は刺激に喘《あえ》ぎながらジタバタ暴れる。つきあい始めて半年以上が過ぎ、何度となく身体を重ねてきたけれど、仕事に関しては編集者として壮介の前で偉そうなことを言っている自分が、こういうときにはすっかりイニシアチブを失って喘《あえ》がされるばかりになってしまうのが、いまだに恥ずかしい。

指と舌で旭の乳首を散々いじり回して半泣きにさせたあと、壮介は床に膝をついて、旭の胸元からへそへと唇を滑らせながら、スウェットのゴムに指をかけてきた。

なにをされるのか悟って、旭は両膝を胸元へと引きつけた。

「待って、口でするのはナシね？」

何度されても、旭はその愛撫が猛烈に恥ずかしくて、ついつい抵抗してしまう。

「どうしてダメなの？」

壮介があざとい上目遣いで訊ねてくる。

「どうしてって……そんなところを口でとか、汚いし……」

「汚くないよ。旭さんお風呂に入ったばっかでしょ？　すごくいい匂い」

スンと素肌に鼻を摺り寄せてくる。

「きっ、きみだって同じシャンプーとかボディソープとか使ってるだろ」

「そうだけど、旭さんの方がいい匂い。なんでだろ」

そんなことを言いながらスウェットを引きずり下ろし、ソファと壮介に挟まれて旭が身動きできないのをいいことに、壮介は旭が嫌がる場所にねっとりと舌を這わせてくる。

「あぁ……や、やぁ……ん、ん……」

あんな場所を口で、という恥ずかしさに加えて、頭がおかしくなるくらい気持ちがいいことが、旭をいたたまれなくする。

本能的に閉じようとする膝が、壮介の頭を挟み込んでしまう。

壮介は旭の膝頭を摑んでぐいと広げると、濡れた唇を舐めながら上目遣いに旭を見つめてくる。

「旭さんの太腿《ふともも》に挟まれるのも悪くない気分だけど、ちょっと動きづらいから、ちゃんと開いてもらっていい？」

そう言って片膝を肘掛けにかけ、もう片方の足首を背もたれにのせて、思いっきり開脚姿勢をとらされる。

「やっ、これやだ」

壮介の頭を押しのけようともがいてみるものの、そんな抵抗が無意味なことは身をもって知っている。

唇と舌で愛されるうちに、身体中がぐずぐずに溶けていく。溢れ出す体液と壮介の唾液がうしろに伝わり、その潤いをまとった壮介の指が、うしろの口に分け入ってくる。

前もうしろも同時に刺激されると、旭の理性はもうぐちゃぐちゃになってしまって、もはや壮介の頭を押しのけたいのか引き寄せたいのかもわからなくなってくる。

「あ、あ……ふぁ……っ、ねえ、やだ、もう、出ちゃうからっ……」

「うん、いいよ、出して」

旭を口に含んだまま、壮介がくぐもった声で言う。歯が軽く当たって、その刺激すらびくびくと欲情を煽《あお》る。

「やっ……一人でいかされるのやだって、いつも言ってる……っ」

旭が必死で腰をよじると、壮介は名残惜《なごりお》しそうにそこから唇を離した。

「監督命令なら、仕方ないですね」

壮介は自分のボトムスを下げて、もう完全に臨戦態勢になっているものを取り出した。

旭の腰を摑んで、ソファの座面から落ちそうになるギリギリのところまで引き寄せ、挿入の体位を取らせる。

「ま、待って、ちょっとだけ待って、インターバル、ね？」

旭の懇願を無視して、壮介は身体を寄せてぐっと挿入してくる。

「ああ……っ！」

ギリギリまで耐えていた旭は、挿入の刺激で一瞬にして頂点を極めてしまった。

白濁が前屈《まえかが》みになっていた壮介の頬にまで飛び散り、射精の快感と羞恥《しゅうち》で、旭は身を震わせながら耳まで赤くなる。

「ごめ……」

「かわいい、旭さん。そんなに気持ちよかった？」

七つも年下のコミュ障彼氏に早漏を微笑ましく見守られるという羞恥プレイに、カッと頭に血がのぼる。

「ふっ、藤原くんが悪いんだろっ。ちょっと待ってって言ったよね？　それなのに、監督命令を無視して、そんなでっかいバットを……」

動揺のあまりわけのわからないことを口走る旭に、壮介は一瞬ポカンとしたあと噴き出した。

「珍しいね、旭さんがそんなオヤジギャグ」

笑いの振動で中を刺激され、達したばかりの身体がまたうずうずし始めて焦る。

「……っ、藤原くんが監督とか変なこと言いだしたからだろっ。それに実際僕は、藤原くんより七つも年上のオヤジだしね」

不貞腐《ふてくさ》れ調《ちょう》に言うと、壮介がぐっと顔を寄せてきた。そのせいで結合が深くなって、旭はあられもない声をあげてしまう。

「あぁ……っ」

喘ぎ声をからめとるように、壮介は唇を重ねてくる。

「こんなかわいい顔でオヤジとか言われても、かわいいだけのかわいさだし」

言葉を仕事にしているくせに、もはや日本語が完全に崩壊している。

壮介は旭の顔じゅうにキスの雨を降らせながら、ゆるゆると旭の中を穿《うが》ってきた。

「あっ、あ、あ……」

達したばかりの場所が、またゆるゆると芯を持ち始める。

「あ、そんな奥、ダメ、ねえ、藤原くん……っ、またすぐ、いっちゃう……から……」

どこかに飛ばされそうなのを必死にこらえて壮介のシャツにすがりつくと、壮介は額をくっつけて、熱っぽい目で旭を見下ろしてくる。

「ねえ、俺はいつまで『藤原くん』なの？」

「……え？」

そう言われて、まだ担当になって間もない頃の会話を思い出す。

お互い本音をぶつけあって言い合いをしたとき、そう呼ぶに値するまでは先生とは呼ばないと宣言して、それから壮介のことをくん付けで呼ぶようになったんだっけ。

こんな状況で蒸し返してくるなんて卑怯だぞと思う。だが確かに、こういうときのイニシアチブは完全に壮介にあって、年下とはいえ『くん』呼ばわりするのは失礼かもしれない。

旭は過ぎた快感に潤んだ瞳で壮介を見上げ、悔しいけれどここは立場を譲ることにする。

「……藤原先生」

壮介は一瞬無言で固まったあと、旭にゴチっと額をぶつけていた。

「イテっ」

「でかいバットの次は、なにボケですか、もう！」

「……え？」

「藤原くんから藤原先生って、むしろ距離感が遠のいてるでしょう。それとも、そういうプレイですか？」

「は？　え？」

「いい加減、名前で呼んでほしいっていう意味ですよ」

「……ああ、なるほど」

言われてみれば、自分のボケっぷりが恥ずかしくなる。

「ごめん、ちょっとテンパってて……」

「わかってくれたらいいんです」

壮介は甘やかに額をすりつけ、それからまた旭の中を扇情的な動きで穿ってくる。

「あっ……やぁ……藤原くん……」

「……旭さん、言ってるそばから」

「あ、ごめん」

「ほら、名前で呼んでみて?」

「あっ、あ、奥は無理ィ……」

「ちゃんと呼んでくれないと、もっと深いところまでいじめちゃうよ?」

「や、あっ……そ、そ」

「うん?」

「そ、そう」

「……粗相? また粗相しそうなの?」

またってなんだよ！　年下のくせに、コミュ障のくせに、こんなときはいいように自分を翻弄《ほんろう》する彼氏を、旭は感じすぎて涙目で睨《にら》み上《あ》げた。

「……っそんなこと言われたって急には無理だし、そもそも『藤原くん』っていう語感がすごく気に入ってるし」

壮介の表情がふっと嬉しげに緩む。

「ホント？　確かに俺も旭さんにそう呼ばれるのは好きだけど。でも、結婚して二人とも藤原になったら、ややこしくなっちゃうでしょう？」

……おい。こいつまさか日本では現状男同士での結婚は無理だということに気付いていないのか？

だが脳が爛《ただ》れるようなセックスの快楽に、そんなことはどうでもよくなってくる。

「なんで僕が藤原姓になる前提なんだよ。きみが小宮山姓になって、通称『藤原くん』でいいだろ？」

適当なことを言ってみせると、壮介の目にパッと光が灯《とも》る。

「マジで？　旭さんが俺をお婿《むこ》にもらってくれるの？」

「いや、あの……あ……やぁ……だから奥はダメだって、あ、あ……」

「ん……旭さんの中、熱くて、吸いついてきて、めちゃくちゃ気持ちいい……」

「っだから、僕が吸いついてるんじゃなくて、きみが中でどんどん大きくなる、からっ……あ、あ……」

「かわいい、旭さん……」

「あ、あ……っん……」

蕩《とろ》けるような交合の果て、体内で壮介の熱いものが弾け、それと同時に旭も二度目の頂点に身を震わせる。

激しい衝動と呼吸がいったん落ち着いてくると、急に現実に立ち返る。

「……ねえ、今抜いたら、ソファを汚しそうだけど、どうしよう」

同じことを思ったらしい壮介が、真面目な顔で訊ねてくる。

「……だからベッドでって言ったのに」

自分も散々感じまくってしまったくせに、というかそれが恥ずかしいがゆえに、つい八つ当たり的に恨みがましい口調になってしまう。

多分、壮介にはそんな旭の胸の内は見抜かれているのだろう。壮介は結合したまま旭の腰を支えて抱き上げた。

「うわっ、な、なにして……」

「旭さんのリクエストにお応《こた》えして、続きはベッドでしようね？」

「続きって、もう、無理だよ！　オヤジなんだからっ」

「大丈夫、監督は寝そべって采配だけ振っていればいいから」

「無理ってば無理！」

抵抗虚しく抱っこで寝室まで運ばれ、繋がったまま、そっとベッドに仰向けにされる。

ソファで無理な体勢をとったせいで、結合した部分も、腰も、じんじんして、本当に無理だと思うのだが、若い壮介はもうすでに中で復活している。

「せめてちょっと休憩しよう？」

「うん、もう一回したらね？」

やる気に満ちた壮介が、どうしたらインターバルのお願いを聞いてくれるか考えた末、旭は相手の意向に沿うお願い方法を思いついた。

上目遣いに甘える顔で、心から懇願の声を出す。

「ねえ、ちょっとだけ休ませて、壮介？」

それが完全に逆効果だったと反省したのは、その後四時間に及んだめくるめくセックスのあとだった。

初恋アミューズメント

著・月村奎
絵・秋平しろ

初恋バカップル
いつも僕ばっかり変な落書きされてひどいです
亀甲…
じゃあ俺にも描いていいっすよ♡
ハイ♡
う――ん…
そう言われても
何をかけば…
だいすき
きゅ
きゅっ
なになに？
鏡鏡～
ぼっ
やっぱなし!! 今のなしー
わー!!
きゅきゅきゅきゅきゅきゅきゅ

まーくん
激しいね
まっくろ
そんな余力が
あるなら
もう一回
いいよね？
ひゃあああ

初恋バカップル

POSTSCRIPT

KEI TSUKIMURA

こんにちは。お手に取ってくださって、ありがとうございます。

今作は「初恋大パニック」のスピンオフとなっております。秋平先生と担当様が、鈴木先生のお話が読みたいと言ってくださったのを真に受けて、ウキウキと書かせていただきました。こちら単体でもお楽しみいただけるように努めましたので、気楽に読んでいただけたら嬉しいです。「初恋大パニック」を既読の方には、藤原くんと小宮山さんのその後も楽しんでいただけたらと思います。

こうして再び大好きな秋平先生にイラストをご担当いただけて、幸せでふわふわしています。原稿を書いている間、ずっと秋平先生の絵柄を想像してわくわくしていました。

秋平先生、かわいらしいイラストの数々、本当にありがとうございます！

どうでもいい話で恐縮ですが、生まれてこのかた『退屈』という感覚を味わったことがありませんでした。圧倒的インドア派だし、社交性もないし、傍から見たら何を楽しみに生きているのだろうと思われていそうですが、とにかく一人遊びが得意なのです。
ところが、先日、右手が腱鞘炎で動かせなくなり、生まれて初めて『退屈』を経験しました。原稿・お料理・手芸といった私の大好きなことは、右手の頑張りなしには成立しないことばかりで、やる気はあるのにできない、これが世に言う『退屈』か！　と新鮮な衝撃を受けました。

手仕事ができない期間に、普段は読まない本を読んだり、動画配信サイトで連ドラを何クール分も観たりして、退屈というのもなかなか充実感があるというか、もはや退屈ですらなくなり始めていましたが、無事に手を動かせるようになって、本当に好きなことができるのは、どれほどありがたく嬉しいことかを痛感しました。今日は手袋の片手を編んで、ぶどうパンを焼いて、それからこうしてあとがきを書いています。幸せです。

皆様の日々も、幸せで満ちていますように。

そして、その幸せに、この本がほんのちょこっとでも参加できていたら嬉しいです。

ではでは、またお目にかかれますように。

初恋アミューズメント

SHY NOVELS349

月村 奎 著

KEI TSUKIMURA

ファンレターの宛先
〒101-0065 東京都千代田区西神田3-3-9大洋ビル3F
(株)大洋図書 SHY NOVELS編集部
「月村 奎先生」「秋平しろ先生」係
皆様のお便りをお待ちしております。

初版第一刷2018年2月5日

発行者 山田章博
発行所 株式会社大洋図書
〒101-0065 東京都千代田区西神田3-3-9大洋ビル
電話 03-3263-2424(代表)
〒101-0065 東京都千代田区西神田3-3-9大洋ビル3F
電話 03-3556-1352(編集)
イラスト 秋平しろ
デザイン サムラウリ
カラー印刷 大日本印刷株式会社
本文印刷 株式会社暁印刷
製本 株式会社暁印刷

ISBN978-4-8130-1317-4